윤구병

흙을 밟으며 살다

흙을 밟으며 살다

함께하는 삶을 일군 윤구병의 공동체 에세이

윤구병 지음

휴머니스트

머리말

넘으로 사는 나날

오늘 하루도 사는 게 고맙다. "사람 일흔 살 넘기기 예로부터 드물다.(人間七十古來稀)"는데, 나 지금 일흔 살이 코앞이다. 오늘 저세상으로 가도 자연사일 뿐이지, '병사' 나, '비명횡사' 나, '사고사' 가 아니다. 바람이 콧속으로 들어온다. 땅이 발바닥을 거쳐서 내 가슴에 느낌으로, 내 머리에 버팀목으로 들어선다. 햇살이 내리쪼여 한겨울인데도 등에 따뜻한 기운이 흐른다. 술 한 잔. 이거 참 행복한 물이다. '행복이 숨 쉬는 물' 이라는 게 더 어울리는 말인가?

참 행복하다. 그동안 땅님과 바람님, 해님, 물님이 나를 키워주고 지켜주셨다. 그 밖에 일찍 저세상으로 가신 어머님, 일흔은 넘겼지만 얼음판에서 미끄러져 앓는 몸을 같이 늙어가는 따님 댁에 맡겼다가 돌아가신 아버님이 막내인 나를 끔찍이도 사랑하셔서 그 사랑 주체할 길 없어 아무 년(?)한테나 사랑의 눈길을 보내고는 '사랑이 죄냐?' 고 막무가내로 떼를 썼는데도, 넉넉한 품으로 감싸준 젊으나 나이 든, 늙으나 새파란 뭇 보살들의 웃음 띤 눈길도 내 행복에 큰 보탬을 주었다.

누군가 그러더라. "한세상 저 하고 싶은 대로, 제멋대로 휘젓고 다니느라 뒤치다꺼리하는 연놈들 무던히도 애먹인 징그러운 인간"이라고. 또 누군가는 생계형 아부성 발언인지 몰라도 그러더라. "선생님은 자유인이셔." 그러고 보니 한평생 나는 '선생님'들을 잘 만난 대단한 '행운아'이다. 내가 대학에 다닐 때 어느 날 느닷없이 "나 어머니 곁에 간다."는 쪽지 하나 남겨놓고 차디찬 여인숙 방바닥에 소주병과 빨간 새코날 몇 알 흐트러뜨린 채 훌쩍 '지상에서 영원으로' 자리를 옮긴 형이 어려서부터 나를 가리켜 버릇처럼 입에 달고 다니던 '럭키보이'다.

아버지, 어머니 빼고도 나를 지켜주고 감싸주신 선생님들이 참 많았다. 바람님, 물님, 불님, 땅님 같은 큰 선생님 빼고도 말이다. 함석 분필통을 들고, 아이들이 모두 돌아가고 난 뒤에 교실마다 몰래 들러서 꽁다리 분필들을 그 안에 주워 모았다가, 아이들 가르치는 일에서 손 떼라고, 나이 든 분이 함석 분필통에서 꽁다리 분필 꺼내 칠판에 수학공식 쓰고 있으면 애들도 불편해한다고 한사코 말리는데도 못 들은 척, 암으로 돌아가실 때까지 우리 옆을 떠나지 못하시던 중 · 고등학교 시절 김희철 교감 선생님, 못 될성부른 나무도 떡잎부터 알아본다고, 나 가출하기를 밥 먹듯이 하고, 이미 중학교 다닐 때부터 술주정하던 아이라고, 나한테 장학금 보낼 생각 말고 달리 될성부른 나무 기르시라고 삐딱한 편지 장강대하로 올렸는데도 아무 답장 않고, 어느 날 시골구석에 있는 학교에 나타나 뒤통수 맞은 우거지상을 하는 나에게 따뜻한 웃음을 짓고 말없이 어깨만 두들겨주고 가신, 그리고 그 뒤로 고등학교 중퇴하고, 대학에 다닐 때까지 꼬박꼬박 장학금과 등록금을 보내주셨던 김익달(그 당시 학원출판사 사장님) 선생님, 시건방지고 성적 나쁘기로, 강의 시간 밥 먹듯이 빼먹고 술 취한 몸 학교 교정 벤치에 길게 드러눕혀 있다가 학장에게 야단맞으면서도 뻔뻔스럽게 엉거주춤 몸 일으켰다가 다시 누워 버릇한 불량기로 유명했던 녀석을 눈여겨보고 방학 때마다 따로 불러 그 어려운 라틴어, 그리스어를 가르쳐주셔서 나중에 대학 선생으로 밥 벌어먹게 이끌어주신, 살아생전에 당신 이름으로 된 책 한 권 남기시지 못했지만, 그때도 지금도 가장 뛰어난 '학자' 이자 '사상가' 이셨던 박홍규 선생님, 순전히 밥 빌어먹으려고 찾아갔던 미국말로 된 백과사전 판매회사에서 '조선말' 로 된, '조선 문화' 만 담은 괴상한 월간지 《뿌리깊은 나무》를 내는 데 책임을 맡으라고, 이제 갓 서른을 넘긴 새파란 젊은 놈에게 일거리 한 아름 던져놓고, 이리저리 닦달하고, 꼬이고, 어르고, 으르렁거려 출판 일을 제대로 익히고, 우리말 사랑을 어쩔 수 없이 생계형으로 익히게 해주어 나중에 출판 일에도 기웃거릴 징검다리를 놓아주신 한창기 선생님, 동지 하나를 만나려고 원수들이 득실거리는 아흔아홉 고개를 넘으셨고, 영원한 아이들 지킴이, 우리말, 우리글 지킴이로, 참 삶을 가꾸는 글쓰기 교육에 온몸을 던지셨던 이오덕 선생님, 나보다 생물 나이는 어리지만 정신 나이는 훨씬 높았던 황시백, 임길택 선생님, 그 밖에 아직 살아 있어서 이름이 입 안에서만 맴도는 그 많은 선생님들이 나에게 충만한 삶의 길, 행복의 길을 열어주었다.

그리고 나이 쉰을 넘긴 지 얼마 안 되어 대학 선생 때려치우고 무늬만 농사꾼으로 산 열다섯 해 가까운 세월에 오로지 괭이의 힘만으로 '몸짱' 이 되어 언젠가 권상우하고 몸매 겨룸을 하겠다는 당치 않은 소망을 알아채고 저마다 낄낄대고 손가락질하던 그 많은 풀벌레들, 뱀들, 개구리들, 꽃과 열매들, 콩알, 팥알, 쌀알, 보리개떡, 쑥떡들도 내 행복한 삶을 거들어준 작은 선생님들이다.

이제 죽어도 여한이 없겠는데, 덤으로 선완규 꼬마선생이, 예쁜 보살님들(김선경, 임미영)과 함께 오래 전에 쓴 글들까지 모아 이렇게 책으로 묶어주니, '이 아니 기쁜가?(不亦悅乎)'

2010년 1월

윤구병

차례

1 땅, 생명들의 놀이터

2 흙 위에서 자유로이 살다

3 남의 덕에 우리가 사는 겨

4 내가 꿈꾸는 공동체

윤구병

1

땅, 생명들의 놀이터

새끼를 꼬면서

요즈음 시골에는 새끼 꼬는 사람이 없다. 가마니 짤 일도 없고, 삼태기니 멍석 짤 일도 없고, 지붕에 이엉 얹을 일도 없으니 당연한 일이다. 그 밖에 이것저것 묶는 데는 비를 맞거나 땅속에 묻어도 썩을 염려가 없는 가볍고 튼튼한 비닐끈이 있다. 지퍼 달린 비닐포대, 멍석 열 개보다 더 넓으면서도 한 손으로 거뜬히 들어올릴 수 있는 비닐깔개, 가볍고 튼튼한 비닐삼태기…….

이맘때면 동네 사랑방에 호롱불을 밝히고 모여 앉아 손바닥이 닳도록 새끼를 꼬면서 밤늦게까지 정담을 나누던 마을 어른들은 이제 모두 환한 형광등 아래서 텔레비전을 켜놓고 연속극 줄거리를 따라가기에 여념이 없다.

싸릿대에 꿴 곶감을 걸려고 새끼를 꼬았다. 새끼를 꼬려면 먼저 볏짚을 잘 골라야 한다. 콤바인으로 벤 짚은 기계 속에 들어가 한 번 몸살을 앓아서 볏짚으로는 질이 좋지 않다. 다행히(?) 우리는 낫으로 벼를 벴다. 요 몇 년 사이에 낫으로 벼를 베는 사람이 우리 마을에도 없었던 모양이다. 하기야 200평 한 마지기 벼를 콤바인으로 베어 자동으로 탈곡까지 해서 포대에 담아주는 데 1만 5,000원에서 2만 원 내면 되니, 하루 꼬박 장정이 낫으로 베도 200평을 베어 묶기 힘든 고생을 누가 사서 하랴. 우리가 서툰 낫질로 벼를 베는 모습을 보고 볏단을 묶으러 나온 마을 어른들이 쯧쯧 혀를 찼다. '논바닥이 질어서 콤바인으로 베기 힘들어서요.' 어쩌고 하면서 허리가 부러지도록 낫으로 벼를 벤 덕에 새끼 꼬기 좋은 볏짚은 얻은 셈이다.

이렇게 낫으로 베었다 해서 모두 새끼 꼬기에 알맞은 볏짚이 되는 것은 아니다. 바람에 쓰러지지 않은 것으로 키가 큰 것, 대가 실한 것을 골라야 한다. 고르고 나서도 할 일이 많다. 벼가 달려 있던 모가지 부분을 한 움큼 쥐고 나머지 손의 손가락을 갈퀴처럼 벌리고 구부려 북데기를 거꾸로 벗겨내는 작업을 하다 보면 손가락 마디가 볏짚에 쓸려 얼얼하다가 나중에는 피가 맺힌다. 농사꾼들 손이 갈퀴처럼 거칠어지고 손가락 마디마디에 굳은살과 옹이가 박히는 까닭을 알겠다.

북데기가 벗겨지고 심만 남은 볏짚으로 새끼를 꼰다. 알맞은 굵기가 일정하게 유지되도록 하면서 하나의 크기가 1미터 남짓한 볏짚들을 알맞을 때 알맞은 곳에 끼워 넣어 하나의 긴 새끼줄로 이어지게 하는 데는 여간한 기술이 필요한 게 아니다. 잘못하면 새끼가 굵어졌다 가늘어졌다 하여 땔감 묶는 데나 쓰일까 다른 데는 쓸모없이 되기도 하고, 또 새로 끼워 넣은 볏짚 자리가 약해서 조금만 힘을 써도 끊어지기 일쑤이다.

어린 시절에 익힌 뒤로 마흔 해가 넘게 꼬아보지 않던 새끼를 꼬면서 머릿속에 오가는 생각이 많다. 차라리 면사무소 소재지까지 걸어서 오가는 한 시간 남짓한 시간을 들여서라도 비닐끈을 사다가 아랫집 할아버지처럼 간단하게 꿰어 걸었더라면……. 내가 지금 하고 있는 이 짓이 밥값이나 제대로 되는 걸까? 그러잖아도 제초제도 안 쓰겠다, 농약도 안 쓰겠다, 화학비료도 안 쓰겠다, 하다못해 닭똥이나 돼지똥을 발효시켜 만든 유기질 비료도 항생제가 든 사료를 먹인 것이라 못 쓰겠다 하여 고생은 고생대로 해가면서 짓는 농사 꼴이 말이 아니어서 동네 웃음거리가 되고 있는 판에, 밭에 비닐을 깔지 않겠다는 고집은 이해할 수 있다손 치더라도 비닐끈마저 쓰지 않겠다고 하여 새끼를 꼬는 모습을 누가 보기라도 한다면 저 사람이 원시시대로 돌아가자는 말인가, 그동안 저런 생각으로 대학에서 학생들을 가르쳤다면 그 학생들이 무얼 배웠을까 의심하지 않을까?

이런저런 생각에 휩쓸리며 두 손을 비비고 있노라니 그래도 새끼줄은 한 뼘 한 뼘 길어져 간다. 그리고 처음에는 굵었다 가늘었다 마치 쇠무릎처럼 가관이던 새끼줄이 차츰차츰 고르게 꼬여간다. 그리고 처음에는 흩어지던 생각들이 하나로 모이면서 제법 새끼줄 이어지듯이 개똥철학도 새끼줄 갈피에 섞여서 한데 이어진다.

지금은 지난 일이 되어버렸지만 새끼 꼬기는 농사일의 기본 가운데 하나였다. 이 기본이 서지 않으면 농사를 지을 수 없었다. 발에 신는 짚신, 비 오는 날 몸에 걸치는 도롱이, 곡식을 널어 말리고 때로는 방바닥에 장판 대신 까는 데 쓰이는 여러 가지 멍석, 곡식을 담아 보관하는 망태나 가마니, 지붕을 이거나 울바자를 두르는 데 쓰이는 새끼에서 아이를 낳고 나서 문간에 내거는 새끼줄이나 초상났을 때 허리띠 대신 허리에 묶는 삼베 새끼에 이르기까지 새끼줄이 없으면 할 수 있는 일이 없었다.

이처럼 농사일과 삶에 기본이 되는 새끼줄은 저마다 굵기와 길이가 달랐다. 그러나 저마다 지푸라기 하나하나를 엮어서 한 줄로 잇는다는 점에서는 같았다. 사랑방에 한데 모여 호롱불을 가운데 두고 둥그렇게 앉아 새끼를 꼬던 우리네 어른들은 그사이에 무슨 생각들을 하고 있었을까? 혹시나 서로 다른 개인들이 관계를 맺어 하나가 되는 방식도 새끼줄을 꼬아가는 방식과 다르지 않다고 여기지나 않았을까? 쓰임새에 따라 가는 새끼, 굵은 새끼, 긴 새끼, 짧은 새끼를 꼬듯이 남자와 여자의 관계, 아이와 어른의 관계, 이웃과 이웃의 관계가 어떤 끈으로 어떻게 묶여 하나가 될지를 가늠하여 이런저런 생각과 느낌의 새끼줄을 꼬아가지 않았을까? 그렇게 하여 마을 공동체라는 평화롭고 수천 년 지속 가능한 삶의 세계를 이루어내지 않았을까? 지금 우리가 값싸다, 편리하다 하여 공장에서 기계로 꼰 비닐끈을 사다 쓰려고 길을 나서는 순간 혹시 우리는 이런 소중한 성찰의 시간을 잃어버리는 것은 아닐까? 그리고 그 결과로 모든 인간관계, 사회관계, 인간과 다른 생명체의 관계를 기계화하는 것이나 아닐까?

새끼를 다 꼬았다. 시간은 한 시간 남짓. 면사무소 소재지를 오가는데 걸린 시간이다. 싸릿대에 꿴 곶감을 그 새끼줄에 걸어 처마 밑에 매달았다. 곶감과 싸릿대와 새끼줄, 그리고 그 사이로 보이는 늦가을의 하늘빛이 어찌 그리 아름다운지.

왜 산골에 사느냐 물으면

군불을 땐다. 해가 일찍 어두워져서 5시가 지나면 가뭇없이 땅거미 깔리는 소리에 새들도 소리를 죽인다. 불쏘시개로는 마른 솔가리가 제격이지만 가을걷이에, 추위 오기 전에 끝내려고 서두른 집짓기에, 천연냉암소 파기에 경황이 없어 미처 마련하지 못했다. 그래서 마른 깻대와 고춧대를 불쏘시개 삼아 아궁이에 불을 넣는다. 저녁마다 지피는 불이건만 그때마다 불길이 다르다. 어떤 때는 쉽사리 잘 옮겨 붙어 생나무를 위에 얹어도 곧 달아오르지만, 어떤 때는 매운 연기에 눈물을 질금거리면서 아무리 달래도 연기만 날 뿐 불길이 살아나지 않는다. 궂은비나 진눈깨비가 내려 날이 눅눅하거나 바람 길이 바뀌면 아궁이도 덩달아 굴뚝 노릇을 하려 드는 때가 있다.

불을 때면서 어린 시절의 추억에 잠긴다. 까마득히 높이 치솟은 소나무에 기어올라 노랗게 물든 솔잎을 장대로 두들기면 우수수 솔잎이 떨어진다. 허리띠 엉덩이 쪽에 꽂고 올라간 낫으로 삭정이를 쳐서 내려뜨린다. 솔가리는 내 손으로 꼬아 엮은 꼴망태에 꾹꾹 발로 눌러 담고 삭정이는 따로 새끼로 묶어 산길을 내려오노라면 가까운 솔숲에서 푸드덕 산꿩이 날고, 멀리서는 소쩍새 울음이 들려온다.

밥솥이 걸린 아궁이에 불을 넣는 법은 어머니한테서 배웠다. 솔잎 마른 것 한줌 넣고 성냥을 당긴다. 토도독 토도독 불길이 피어오른다. 그 위에 작은 삭정이를 얹고 그 위에 큰 삭정이를 얹는다. 아직 물이 마르지 않은 생솔개비 타는 파드득 소리와 그 작고 반짝이는 무수한 불똥들이 솔향기와 함께 눈과 귀, 콧속을 온통 다 채운다. 솥전에서 맑은 물이 생기고 잠시 후에 끈적이는 밥물이 흐르면서 김이 오르면, 이제 불을 낮추어 뜸을 들여야 한다. 어머니는 솥뚜껑 꼭지를 행주 감아쥔 손으로 잽싸게 밀어서 열고 어떤 때는 가지, 어떤 때는 풋고추, 어떤 때는 된장 뚝배기, 아주 드물게는 달걀 몇 알 깨뜨려 담은 사발을 넣었다.

이렇게 밥상 공동체는 어머니가 계신 부엌에서부터 시작된다. 부엌과 아궁이가 없으면 밥상도 없다. 어머니가 없으면 공동체도 없다. 이래저래 불은 더불어 사는 삶의 상징이다.

기나긴 겨울밤 부엌 밖으로 희끗희끗 흩날리는 눈발을 보며 군불을 때고 난 뒤에, 아궁이에서 잉걸불을 부삽으로 담아 질화로에 넣어 방으로 옮긴다. 이윽고 어머니는 부젓가락으로 불이 이글거리는 숯을 골라 다리미에 넣어 옷을 다린다. 질화로에 인두를 꽂아 달구어지기 기다렸다 풀 먹인 동정을 다리기도 한다. 아이들은 그 질화로에 고구마나 알밤을 묻고 익기를 기다린다.

사랑방 아랫목이 후끈 달아오르고 등잔에 호롱불이 밝혀지면 어깨에 가득 쌓인 눈을 손으로 훌훌 털고 발을 텅텅 구르는 소리와 함께 헛기침 소리가 나고, 동네 어른들은 하나둘 짚단이나 새끼줄을 들고 방안에 들어선다. 한쪽에서는 새끼를 꼬고 다른 쪽에서는 가마니를 친다. 이윽고 깜틀거리는 불빛 아래서 두런두런 이야기꽃이 피어난다.

이 어린 시절의 추억이 우리 가슴을 따뜻하게 데워주는 것은 그 추억을 밝혀주는 불빛이 있기 때문일 것이다. 그 불빛이 환하게 비춰주는 얼굴들이 있기 때문일 것이다. 이래서 봄, 여름, 가을이 우리 몸을 살찌울 육체의 양식을 마련하는 철이라면, 겨울은 오순도순 머리를 맞대고, 모락모락 밥그릇 국그릇에서 김이 피어오르거나, 화로나 등잔에서 환하게 피어오르는 불을 중심으로 한데 모여 마음을 살찌우는 정신의 양식을 마련하는 철이다.

겨울이 오면 우리 식구들은 공동식당의 밥상머리에 앉아 노닥거리는 시간이 길어진다. 봄, 여름, 가을에는 그럴 겨를이 없다. 해 뜨자마자 일어나 어스름이 깔릴 때까지 일하다 보면 낮은 길고 밤은 짧아 밥숟갈 놓자마자 곯아떨어지기 바쁘다. 그래야 아침에 다시 몸을 일으킬 수 있으니까. 그러나 지난 한 해의 땀이 알곡으로 여물어 공동식당 한쪽에 볏섬으로 쌓여 있고, 방 윗목 고구마퉁구리에는 고구마들이 살을 맞대고 잠들어 있고, 밭에는 밀과 보리가 하얀 눈이불을 뒤집어쓰고 기지개를 켜는 겨울밤에는 그렇게 서둘지 않아도 된다. 고구마도 찌고 땅콩도 볶고 가끔 콩을 갈아 두부도 만들어, 김장으로 담근 통무를 꺼내다가 군것질거리나 술안주로 삼아 막걸리나 약초술을 마시면서 밤늦게까지 이야기꽃을 피운다.

어쩌다 텔레비전 프로그램이 화제에 오르는 때도 있다.(우리 공동체에서는 여러 해째 텔레비전을 보지 않고 있어서 텔레비전 프로그램에 까막눈인 사람이 대부분이다.) 식구 가운데 한 사람이 볼일이 있어 읍내에 나갔다가 버스 종점에 설치된 텔레비전에서 코미디를 보았단다. 한데 개그맨들이 나와 무슨 우스갯소리를 한다고 서로 주고받는 말을 들으니 하나도 우습지 않더라는 것이다. 그때 가만히 둘러보니 다른 사람들은 넋을 잃고 그 프로그램에 코를 박고 있다가, 화면에 나오는 사람들이 찧고 까불고 박장대소를 하자 보는 사람들도 덩달아 박장대소를 하더라는 것이다. 그 모습이 몹시 우스워서 자기도 박장대소했는데, 아마 그 자리에 있던 사람들은 자기도 그 코미디를 보고 그렇게 웃는 거라 여겼을 거란다. 그 이야기를 듣고 우리도 "역시 코미디는 좋은 거야." 하고 박장대소를 했다.

왜 산골에 사느냐 물으면,
대꾸 없이 그냥 웃지요.
복사꽃 물길 따라 가뭇없이 떠가는 곳,
거기 참 딴 세상이데요.
問余何事棲碧山 笑而不答心自閑
桃花流水杳然去 別有天地非人間

이렇게 따뜻한 방구들에 궁둥이 지지며 둘러앉아 도란거리다, 산 너머 저 먼 도시에 사는 일가친척들을 생각한다. 그리고 어디에서 이 밤에 무엇을 하고 있든 이 자리만큼 따뜻하지는 않을 거라 느낀다. 가난한 일가나 이웃의 겨울은 더 말할 나위도 없을 것이다. 모든 사람의 마음에 살이 오르는 따뜻한 겨울을 맞을 날이 빨리 왔으면 좋겠다.

웃는 얼굴에 침 못 뱉으랴

흔히 이렇게들 말한다. 서양 사람보다 동양 사람 얼굴이 더 굳어 있고, 도시 사람보다 농촌 사람 얼굴이, 우리나라에서는 휴전선 북녘 사람이 남녘 사람들보다 더 굳어 있다. 맞는 말이다. 그런데 나는 웃음 띤 얼굴보다 이 무뚝뚝한 얼굴이 보기에 더 편하다. 까닭은 이러하다.

처음 보는 사람 앞에서도 웃음을 띠는 이상한 버릇이 언제부터 왜 생겨났을까? 나는 이 버릇이 도시 사람들 사이에서 생겨나 굳어졌다고 믿는다. 알다시피 도시에서는 사람 관계가 가장 중요하다. 모든 일이 사람 사이에서 일어나고 풀린다. 사람 관계가 원만하면 안 될 일도 잘 풀리고, 그러지 못하면 될 일도 꼬인다. 도시 사람들은 그래서 평생 동안 다른 사람에게 잘못 보여서는 안 된다는 강박관념을 안고 살아야 한다. '웃는 얼굴에 침 못 뱉는다.'는 속담은 아마도 도시 사람 사이에서 생겨났으리라.

도시에서와는 달리 시골에서는 사람과 사람이 맺는 관계보다 사람과 자연이 맺는 관계가 앞선다. 시골 사람들은 자연에서 의식주에 필요한 것들을 얻는다. 입에 풀칠하는 문제를 예로 들면, 씨 뿌릴 때 씨 뿌리고, 김맬 때 매고, 거둘 때 거두어야 한다. 그때를 놓치면 곡식을 거둘 수 없고, 곡식을 못 거두면 굶어 죽는 수밖에 없다. 제때 씨 뿌리지 않고 씨앗에게 아양 부려봐야 소용없다. 김맬 때 놓치고 나면 풀들에게 웃음 지어보았댔자 곡식을 거둘 길이 없다. 얼굴 찌푸려도 좋고 투덜거려도 상관없다. 제때 뿌리고 김매고 거두어야 살아남는다.

이와는 달리 사람 관계를 통해서 의식주 문제를 해결하는 도시 사람들은 끊임없이 상대방에게 적의가 없음을 드러내 보여야 한다. 그 방편으로는 웃음 짓는 얼굴이 최선이다. 인상이 좋아야 한다. 그래야 산다. 이것이 도시 사람이 가슴 깊이 새겨야 할 처세의 방편이다.

이렇게 말하면 '그래, 처지에 따라서 인상도 바뀌는 법이야. 그렇다고 환한 얼굴보다 굳은 얼굴이 더 편하게 느껴진다고 할 것까지 있겠어?' 하고 반문할지 모른다. 그래서 덧붙인다.

도시 문명에 길든 사람들이 잊기 쉬운 평범한 진리가 있다. 아직까지는 사람들이 유기물을 먹고 산다는 것이다. 앞으로도 꽤 오랫동안 그래야 할 것이다. 그런데 이 유기물은 어디에서 오는가? 자연에서 온다. 자연이 도시 사람들에게 거저 베푸는가? 아니다. 시골 사람, 다시 말해서 농어촌 사람들 손을 거쳐서 베푼다. 그런데 도시 사람들에게 목숨이 달려 있는 이 기본 관계, 사람과 자연의 관계는 뒷전이다. 왜 뒷전인가? 의식하지 않아도 되기 때문이다. 왜 의식하지 못하는가? 날마다 밥상에 오르는 밥과 반찬으로 살아가면서도 그것을 단순히 인간관계가 잘 풀려 저절로 입에 들어오는 것으로 착각하는 까닭이 어디 있는가? 그리고 도시 사람들이 소중하게 여기는 인간관계 속에 시골 사람과 맺는 관계도 들어 있는가?

나는 잘 모르겠다. 내 경험에 따르면, 나도 도시에 살 때는 자연과 인간의 관계가 얼마나 소중한지 잘 몰랐다. 그만큼 철이 없었다. 쉰 중반이 되도록 철모르고 살아왔다. 그러다 뒤늦게 시골에 와서 농사짓는 흉내를 내면서 10년 가까이 살다 보니 자연과 사람이 맺는 관계가 왜, 얼마나 소중한지 알겠다. 그리고 자연과 더불어 사는 과정을 빼고 사람끼리만 더불어 살 수 있다는 생각이 망상이자 그 안에 불순한 동기까지 감추어져 있다는 것도 느끼겠다. 왜 망상이냐고? 왜 동기마저 의심하느냐고?

'품앗이' 라는 말이 있다. 품을 주고받는다는 말이다. 일손을 나눈다는 말이기도 하다. 시골 사람들은 한동네 살면서 서로 품앗이를 한다. 이것이 마을 사람들이 맺는 인간관계의 기초다. 나는 평등한 인간관계의 바탕에는 어디든지 이 품앗이가 깔려 있다고 믿는다. 일품은 일품으로 갚아야 한다. 물건이나 돈이 일품을 대신할 수는 없다. 그런데 도시 사람과 시골 사람의 관계를 살피면 맨 먼저 이 품앗이가 제대로 되지 않는다. 도시에 사는 사람들 가운데 생산직 노동자 일부를 빼고 시골 사람들과 품앗이하는 사람이 없다. 시골 사람의 일손을 덜어주거나 시골 사람에게 일손을 보태주는 사람이 없다.

돈으로 갚지 않느냐고? 거저 빼앗아가는 건 아니지 않느냐고? 내가 보기에는 돈으로 대가를 치른다는 말도 빈말이고, 거저 빼앗지 않는다는 말도 구차한 변명이다. 만일에 도시 사람들이 시골 사람들의 품값을 제대로 치렀다면 지금 시골 사람들이 한 집에 3,000만 원 가까운 빚을 떠안고 있다는 현실을 설명할 길이 없다. 도시 사람들이 일품을 거저 빼앗지 않는데도 옛날에는 겨울 한 철만은 쉴 수 있었던 시골 사람들이 요즈음 들어서는 한겨울에도 연탄가스 마셔가면서 이른바 '하우스 농사'에 뼛골이 빠지는 현상이 저절로 나타났다고 우길 텐가?

도시 사람들은 거개가 시골 사람들에게 아무 일품도 되돌려주지 않고 일방으로 시골 사람들을 부려서 밥상을 차린다. 하다못해 똥오줌마저 되돌려주는 일이 없다. 우리는 이런 일방관계를 착취라고 한다. 한마디로 도/농 사이의 관계는 착취/피착취의 관계다. 그런데 이 착취는 도시 사람들이 시골 사람들의 뼛골을 빼는 것에 그치지 않는다. 도시 사람들은 시골 사람들을 징검다리 삼아 자연을 일방으로 착취한다. 자연을 일방으로 착취하는 길을 여는 것, 이것이 도시에 둥지를 튼 식민주의자들의 오랜 관행이고 꿈이었다. 시골 사람들을 억누르고 그 사람들의 일품을 뺏는 것은 동시에 자연을 훼손하고 오염시키는 길이다. 왜냐하면 시골 사람들에게는 사람과 자연의 관계가 1차 관계이고, 이 관계는 목숨이 걸린 관계이기 때문이다. 도시 사람들에게 빼앗기는 만큼 자연에서 돌려받아야 하는데, 그러자니 어찌 땅도 물도 공기도 온전하게 살릴 길을 열 수 있겠는가?

이런 처지에 몰아넣고도 도시 사람들이 시골 사람들에게 얼굴이 굳고 무뚝뚝하다고 자기들을 마주 보고 활짝 웃어보라고 요구하는 것은 참 염치없는 짓이다. 시골 사람들은 도시 사람들에게 웃음을 팔지 않아도 살아남을 수 있다. 그리고 곡식이나 채소나 과일은 사람에게 웃음을 강요하지 않는다. 함께 밭머리에 엎드려 땀으로 멱 감는 무뚝뚝한 얼굴이 저만치 나무 그늘 아래 떨어져 앉아 물장구치면서 환히 웃는 얼굴보다 훨씬 더 사람답게 보인다.

왜 우리가 당신들을 먹여 살려야 하는가?

어떤 분이 〈작은책〉 '집안 통신'에 다음과 같은 글을 띄웠다.

오늘 〈작은책〉 7월호를 읽었습니다. 책은 오래전에 왔지만……. 윤구병 선생님을 본 적은 없지만 〈작은책〉에서 자주 나오니 자꾸 좋아지고, 괜찮은 분인 것 같고, 사람 살리는 농사를 짓는 분이라 하니 더더욱 존경스럽고 …… 꼭 한 번 뵙고 싶고 …… 그러데요. 근데, 그만, 이번 7월호 글을 읽어보니 이해하기 힘들어서…….

도시 사람들이 돈을 주고 곡식을 사는 건 제대로 된 품앗이가 아니라는 내용인 듯한데, 전 도시 삽니다. 제 남편은 아파트에 창문을 달아주는 일을 하지요. 생산직 노동자도 아니고, 좋은 말로 실내 인테리어(장식?) 하는 사람이지요.

일하는 걸 봤는데, 20층 아파트 창틀에 올라가서 창문마다 실리콘 쏘는 방수공사를 하더라고요. 전 심장이 떨려서 못 봤습니다. 대부분 방수공사는 이렇게 하지요. 그 돈으로 생협 가서 유기농 쌀, 채소 사먹습니다. 가격은 두 배지요. 그래도 이 못난 마누라가 사람 살리고 땅 살려야 한다고 우겨서 사먹고 있습니다.

윤구병 님, 우리는 어떻게 살아야 품앗이를 제대로 하고 사는 걸까요? 도시 사는 전 괴롭습니다. 시골로 내려가야 하나요?

나는 이른바 '컴맹'이다. 컴퓨터를 전혀 다룰 줄 모른다. 이 글도 어느 분이 내게 참고 삼아 읽으라고 건네주어서 읽었다. 읽고 나서 답답한 느낌이 들었다. 이 글을 쓴 분이 내가 하려는 이야기의 말귀를 알아듣지 못하는 게 아닌가 하는 생각도 들었다.

언뜻 읽으면 이분은 제대로 된 품앗이가 무엇인지에 대해 고민하고 시골로 삶터를 옮길 생각도 있는 분인 듯하다. 그러나 나는 그렇게 안 본다. 어떤 글귀에서 그런 느낌을 받았느냐고? (남편이 목숨을 걸고 번) 돈으로 생협에 가서 유기농 쌀, 채소를 사먹는데, 값은 곱절이나 되지만, '그래도 이 못난 마누라가 사람 살리고 땅 살려야 한다고 우겨서' 사먹고 있다는 말이 마음에 걸렸다. '이게 아닌데, 음식 가려 먹는 게 어디 남을 위해서 해야 하는 일인가?' 하는 생각이 들어서이다.

그러다 보니 '사람 살리는 농사를 짓는 분이라 하니 더더욱 존경스럽고' 하는 대목도 걸렸다. 이분은 농촌 현실에 대해 아예 까막눈이구나 하는 느낌이 앞섰다. 유기농산물 사먹는 일은 생색낼 일이 아니다. 유기농산물 값이 높아서 유기 농가를 곱지 않은 눈으로 보는 분들도 많다. "없는 사람들은 농약 범벅이 된 수입산 농산물에 절어 건강을 해치고 있는 판에 유기농산물입네 하고 보통 농산물 값의 곱절도 더 되는 값을 받아 '있는 놈' 들의 건강 지킴이 노릇을 하는 게 그렇게 장하더냐." 고 대드는 분들도 있다. 그래서 유기농을 하는 분들 가운데 자꾸자꾸 농사법을 개량하여 유기농으로 생산한 곡식과 남새가 일반 농가에서 내는 곡식과 남새 값과 비슷하거나 더 눅어야 한다고 생각하는 분들도 적지 않다. 따지고 보면 가장 건강을 해치기 쉬운 환경이나 일터에서 살고 있는 분들이 도시 빈민과 노동자들인데, 그분들 밥상에 가장 건강에 좋은 음식을 올려야 한다.

실제로 농사짓는 분들이나 고기 잡는 분들이 사는 모습을 보면 내가 하는 이야기가 빈말이 아님을 곧 알 수 있을 것이다. 도시 사는 분들 가운데 어떤 농민은 저 먹을 것은 농약 안 치고 따로 가꾸고, 도시 사람들에게 내다 팔 것은 거리낌 없이 농약을 쳐대는 사람들이 적지 않다는 이야기를 듣고 그럴싸하게 여기는 분들이 더러 있을 법한데, 실제로는 그런 농어민들 거의 없다. 맛있고 때깔 고운 먹을 것 제 밥상에 먼저 올리고, 저 먹기 싫은 것, 맛없거나 물 안 좋은 것 장에 내다 파는 농사꾼이나 고기잡이를 나는 본 적이 없다. 쌀도 그렇고, 푸성귀도 그렇고, 생선도 마찬가지다. 농어민들은 맛없거나 시들거나 물 간 농수산물을 들고 시장에 나갈 엄두를 못 낸다. 덜 익은 청미, 끝물이 되어 꼬부라진 오이, 잔챙이거나 상한 바닷고기 …… 이런 것들은 모두 제 밥상에 올리고, 밖에 내는 것들은 그 나름으로 모두 번듯한 것들이다.

물론 이타심이 앞서서 그런다고 볼 수는 없다. 제대로 된 물건을 내야 제값을 받는다는 속셈일 수도 있다. 그렇지만 결과로 보면 농어민의 삶은 늘 이렇게 가장 좋은 것은 제 몫으로 챙기는 대신에 남에게 먼저 베풀고, 남의 밥상 더 걸게 하는 삶으로 귀결된다. 내 의문은 '이런 분들이 왜 이 세상 가장 밑바닥에서 빚에 깔리고 일에 치어서 허덕이게 되었느냐.' 이다.

탓 돌리기로는 얽힌 매듭이 풀리지 않는다. 큰 틀에서 보아야 한다. 사람과 사람의 관계, 사람과 자연의 관계는 우리가 살아가는 데에 꼭 필요한 관계다. 이 둘 가운데 어느 것이 깨져도 사람은 살아남을 수 없다. 내가 지난번에 쓴 글에서 하고 싶었던 이야기는 다른 게 아니다. 나도 도시에서 오래 살아보아 직접 경험하고 느낀 바이지만, 도시에서 살다 보면 사람과 사람 관계만 보이고, 사람과 자연의 관계는 늘 뒷전이다. 끼니거리, 입성, 잠자리 …… 우리 삶의 바탕을 이루는 것이 모두 자연과 사람의 관계에서 마련됨에도 아랑곳없이 도시 사람들은 이런 사실을 잊고 지내기 십상이다.

도시 사람들이라고 자연과 동떨어져 살지는 않는다. 도시 사람들도 먹고살려면 일을 해야 한다. 그 일 가운데는 자랑스럽고 떳떳한 일도 있지만, 그렇지 못한 일도 많다. 이를테면 음식에 때깔을 입히려고 몸에 해로운 화학 첨가물을 만드는 일, 지난날 민주화와 생존권 보장을 요구하는 시위대에 마구잡이로 쏘아대서 많은 사람들을 다치게 했던 최루탄 생산, 온갖 전쟁 무기의 개발 따위는 내 판단으로는 떳떳하지 못하다. 그래도 목구멍이 포도청이라 어쩔 수 없이 그런 일이라도 맡아서 해야 하는 사람들이 적지 않다. 그런 분들에게 "왜 당신은 세상에 도움이 안 되는 그런 일을 하고 있느냐?"고 들이대는 것은 가혹한 일이다. 가끔 사람이 할 짓이 못 된다고 느낄 때도 있다. 그런 일자리도 일자리라고 마련하고 사람을 부리는 세상에 잘못이 있지, 어찌 그 일을 맡은 사람에게 잘못이 있겠는가?

그런데, 잠깐만. 이게 남의 탓만이라고 할 수 있을까? 정치하는 사람, 경제인, 지식인, 어중이떠중이 …… 어쨌거나 나보다 더 높은 곳에서 내 삶의 길을 이리저리 바꿀 힘이 있는 '잘난 사람'들 탓이지, 나는 아무 죄도 없다고 발뺌할 수 있을까?

내 이야기가 자꾸 겉도는 듯하다. 직접 이야기하면, 서울 같은 대도시에 전기가 일주일 동안 끊긴다면 어떤 일이 벌어질까? 당장 아수라장이 될 것이다. 아마 가장 높은 곳에 살던 분들이 가장 큰 어려움을 겪을 게다. 전기가 끊기면 물이 끊길 테니 똥오줌을 주체할 길이 없고, 승강기가 멈출 테니 몇십 층 높이를 걸어서 오르내려야 하고, 마실 물이 없으니 타는 목마름은 또 어찌 견딜 것이며, 그 지경이 되면 공장이며 수송기관이며 거의 모두 마비될 터이니 거기에 따라 끼니거리, 푸성귀도 덩달아 오간 데 없을 게 불 보듯이 환한데, 이분들 다 어디로 갈까? 당연히 이른바 '대탈주'가 시작될 것이다. 어디로 달아나나? 자연으로. 그러나 그 자연은 농어민들에게는 삶터이지만 도시에서 태어나고 자란 도시내기들에게는 죽음의 땅일 뿐이다. 그 사람들이 모두 농촌과 어촌으로 몰려든다. 와서 끼니거리, 잠자리 내놓으라고 한다. 처음에는 고운 말, 고운 얼굴로 고분고분 빌 것이다. 거절하면? 갑자기 좀도둑이 되거나 떼강도로 돌변할 수도 있다.

내가 도시내기들을 본성에서, 또 삶의 조건으로 보아 착취자일 수밖에 없다고 보는 것은 지나친 주장이 아니다. 도시 안에는 자급할 터전이 갖추어져 있지 않다. 다시 말해서 자연과 사람의 자연스러운 상생관계가 빠져 있다. 자연과 더불어 살 길이 없는 사람은 사람끼리도 더불어 살 길이 없다. 자연은 그저 약탈과 정복의 대상으로만 여기고 사람끼리만, 그것도 자기들끼리만 잘 살 수 있다는 오만한 생각에 사로잡혀 거대도시를 건설했던 제국주의자들의 마지막이 어떠했는지

인류 역사가 거듭해서 증언하고 있다. 바벨탑을 쌓았던 사람들, 소돔과 고모라, 아테네 제국, 로마 제국, 그 밖에 여러 시대에 걸쳐 여기저기에서 다양한 문명을 건설했던 도시인들이 지금 우리에게 보여주는 것은 폐허뿐이다.

인류 역사에서 현대 도시처럼 무너지기 쉬운 구조를 가진 도시는 없었다. 과거의 도시들이 너나없이 무너졌지만, 그래도 인류가 살아남을 수 있었던 데에는 그럴 만한 까닭이 있었다. 사람들 가운데 열에 아홉은 자연과 관계 맺고 공동체 생활을 했다. 그리고 자연과 사람 사이에 오간 물질대사를 매개했던 것은 생체 에너지였다. 끼니만 거르지 않으면 늘 되살려 쓸 수 있는 낭비 없는 에너지인 사람과 짐승의 힘, 그리고 자연의 힘이 동력원으로 쓰였던 것이다. 그때에는 자연과 인간의 관계에서 쓰레기가 없었다. 그 말은 곧 낭비되는 에너지가 없었다는 말이다. 그래서 도시가 멸망하더라도, 그리고 도시내기들이 마을 공동체로 몰려들더라도 받아들여 같이 살 품이 열려 있었다.

그런데 불행하게도 현대 도시는 사람과 자연의 관계를 점점 더 해치고 뜨악하게 만드는 쪽으로 사회 구조를 바꾸어왔다. 도시사회는 가장 건강하고 활력에 넘치는 생체 에너지 덩어리인 젊은이들을 자연에서 떼어내어 재생이 불가능하고, 열에 여덟은 낭비되어 그 결과로 땅과 공기와 물을 더럽히는 오염물질과 쓰레기로 바뀔 물질 에너지에 종속시켜 혹사하거나 기능을 마비시키는 쪽으로 잘못 이끌었다. 그리고 이 미친 짓을 근대화니, 개발이니, 역사 발전으로 미화시켰다. 그 결과로 사람과 자연이 온전한 관계 속에서 상생하던 공동체는 무너지고, 농어촌에는 이제 머지않아 수천, 수만 년에 걸친 삶의 지혜마저

대물림하지 못하고 이승을 떠야 할 노인들만 남게 되었다.

희망이 아예 없지는 않다. 내가 사는 마을만 보더라도 도시 삶을 접고 땅에 뿌리내리려고 애쓰는 젊은이들이 늘고 있다. 우리 공동체(변산 공동체)를 징검다리 삼아 들어왔지만 지금은 버젓하게 독립하거나 분가하여 사는 가구만 해도 여남은 집 된다. 그 가운데 한 집을 본보기로 소개한다.

다영이네가 공동체 식구로 들어온 것이 2000년 가을이다. 다영이 엄마와 아빠는 대학 풍물패 동아리에서 선후배로 만나 같이 놀다 혼인을 했단다. 우리 공동체에 들어올 때는 벌써 애가 둘이나 있었다. 영헌이가 다섯 살, 다영이가 세 살 때였다. 공동체에 들어오기 전에 다영이 엄마는 유치원 겸 놀이방 원장으로, 다영이 아빠는 풍물 강습소를 열어 밥벌이를 했다 한다. 둘이 하는 일이 보람 없는 일도 아니고, 생계 유지에 크게 주름 잡히는 일도 아니어서 그럭저럭 살 만했는데, 〈녹색평론〉을 정기구독하고, 헬렌과 스콧 니어링의 삶을 기록한 《아름다운 삶, 사랑 그리고 마무리》 같은 책을 읽으면서 귀농할 꿈을 키워왔단다.

어쩌다 변산 공동체 이야기가 실린 글을 읽게 되어 어떻게 살고들 있는지 다영이 아빠가 한 달쯤 앞서 공동체에서 같이 일해보고, 다영이 엄마한테 공동체 식구가 되어 함께 살자고 제안해서 식구가 되었다. 그때까지 홀몸으로 와서 공동체 안에서 짝을 찾아 아이 낳고 사는 부부는 몇 있었지만, 식구가 한꺼번에 들어온 건 처음이어서 의논이 분분했던 기억이 난다. '이것도 새로운 경험이다. 그리고 처녀, 총각이 중심이 되다 보니 공동체에 무게중심이 없어서 늘 위태로운 느낌이 들었는데, 애들이 딸린 사람들은 쉽게 삶터를 옮기기 힘들어 공동체가 지역사회에 일찍 뿌리내리는 데 도움이 될 거다.' 라는 긍정론이 앞서서 맞았는데, 역시 공동체는 아이들에게는 천국이지만 어른들에게는 지옥같이 힘들었나 보다. 다영이네 엄마, 아빠 둘 다 누구보다 농민의 정서를 잘 이해하고 품성이 공동체에 알맞았는데도 공동체 생활을 버거워했다.

다영이 엄마가 놀이방 아이들을 무상으로 가르치는 일에 앞장서고, 다영이 아버지가 농사에도, 공동체 학생들에게 풍물 가르치는 일에도, 또 여러 가지 살림에 필요한 연장을 손보거나 구하거나 만드는 일에도 적극이어서 식구들 모두 큰 도움을 받고 있었는데, 3년째 되던 해 독립선언을 하고, 공동체 가까운 곳에 묵혀둔 땅을 사서 거기에 컨테이너를 들여놓은 뒤에 따로 살림을 차렸다.

우리 공동체는 처음부터 식구로 있다 분가하거나 독립한 식구들에게 한 해 동안 먹을 끼니거리(곡식과 간장, 된장 같은 장류, 김장김치 같은 것)를 대주는 전통이 있어서 끼니 걱정이야 덜린다 치더라도 돈 쓸 일이 어디 한두 군데인가. 다영이와 영헌이가 아직 어리니 공동육아 형식으로 아이들도 돌보아야 하고, 넉넉한 집안이 아니니 스스로 제 앞가림할 길도 찾아야 하고……. 이래저래 고달픈 독립투쟁(?)의 길로 접어들어 지켜보는 사람도 조마조마했는데, 웬걸, 이 두 사람 다 정말 사막에 내다놓아도 살 사람이라는 게 곧 드러났다.

나는 다영이 엄마, 아빠가 돌집을 짓는 모습을 곁에서 지켜보면서 감탄에 감탄을 거듭했다. 공동체에 살러 들어왔다가 독립을 해서 제 집을 제 손으로 지은 식구들은 꽤 여럿이다. 산 너머 지동리에 지은이

네가 맨 먼저 귀틀집을 지었고, 이랑이 엄마 처녀 적에 은근히 눈독을 들이던 이랑이 아빠가 장가 밑천 삼아 부랴부랴 조립식 집 하나 지어 이랑이 엄마를 맞아들여 이랑이를 낳았다. 혜민이네도 지동리 셋집에 살다가 우리 마을로 이사 와 황토와 통나무를 섞어 담을 친 집을 지었고, 우리 공동체 식구들도 마을에 새로 나는 빈집이 없어서 집 두 채를 따로 지었다. 이분들 모두 공동체를 징검다리 삼아 귀농을 한 도시내기들이다. 참, 이 지역 출신으로 서울살이에 지쳐서 다시 내려왔다 마흔 살 가까이 되어서야 혼례를 올려 아이 둘을 본 강산이네도 근처에 예쁜 집을 지었다.

이렇게 저마다 평소에 머릿속에 그리고 있던 집을 다양한 양식으로 지은 이들 가운데 특별히 다영이네를 꼽는 데에는 까닭이 있다. 좋은 집을 짓는 전제조건으로 '그 언저리에서 가장 흔히 나는 재료를 써라.' 라고 일러주는 분이 있는데, 나는 그 말을 옳게 여긴다. 우리 마을에는 돌이 지천이다. 이 마을에 남아 있는 옛집 가운데는 돌담집이 많다. 다영이네는 헬렌과 스콧 니어링이 쓴 《조화로운 삶》과 《조화로운 삶의 지속》에서 영감을 얻어 돌집을 짓기 시작했다. 버린 널빤지와 각목을 주워 담틀을 만들고, 거기에 돌을 채워 넣고 시멘트로 굳히니 훌륭한 돌담이 섰다. 줄포 쓰레기장에 가서 도시 사람들이 헐어서 내다버린 폐건축자재며 문들과 문짝을 주워 문을 만들고, 창문도 그렇게 해 달았다.(우리 공동체 식당을 지을 때도 도시에서 허는 집에서 뜯어온 창과 문을 달았다. 쓰레기도 없애고 돈도 아끼는 길이다.) 부부가 틈날 때마다 조금씩 쌓아올리고, 멀지 않은 곳에 있는 돌공장에서 버린 화강암 돌판을 주워다 구들을 깔고……. 해서 두 해 남짓 걸쳐서 스무 평이 넘는 단단하고 예쁜 돌집(내 눈에는 그렇게 비친다.)을 이제 지붕 한 쪽만 빼고 다 지었다. 건축비가 얼마나 들었느냐고 물었더니 이래저래 넉넉잡아 500만 원쯤 들었노라고 한다.

그사이에 생업인 농사를 팽개친 게 아니다. 우리 공동체 학교 학생들에게 풍물 가르치는 걸 게을리 하지도 않았다. 다영이 엄마도 힘에 겨운 공동육아를 두 해 동안 잘 감당해냈다. 어디 그뿐인가. 다영이 아빠는 핵폐기장 유치 반대운동에도 선전일꾼으로 앞장서고, 마을 어르신들 잔치가 있을 때는 빠지지 않고 장구채를 잡았다. 다영이네는 그사이에 아이 하나를 더 낳았다. 아이가 셋이나 되는데도, 자기 땅이라고는 묵정밭에서 이제 기름진 땅으로 바뀌고 있는 두 마지기 남짓한 밭밖에는 없는데도, 다영이네는 공동체 식구들과 '독립군' 들과 품앗이를 해서 밀린 논에 손모를 꽂고, 남의 도움에 기대기보다는 먼저 남을 도우면서 씩씩하게 잘 살고 있다.

나는 지금 도시에서 살고 있는 분들 가운데 열에 아홉은 형편이 다영이네보다 훨씬 더 낫다고 본다. 다영이네를 귀농으로 이끈 힘은 다른 데서 나온 게 아니라고 믿는다. 아주 소박한 깨우침이 다영이네를 이 마을 공동체에 뿌리내리게 했다고 믿는다. 끼니거리도, 입성도, 잠자리도 돈이 마련해주는 건 아니라는 깨우침 말이다. 교환가치에 의식이 마비되어 돈만 있으면 의식주에 필요한 것을 모두 풍족하게 마련할 수 있다고 여기는 상품경제 사회의 일반 구성원 머릿속에서 좀처럼 찾기 힘들 이 작은 깨우침의 불빛이 다영이네를 이 시골로 이끈 것이다. 이 일깨움 뒤에는 '사람끼리만으로는 살아남을 수 없다, 자연과 사람이 더불어 사는 길이 트일 때만 사람과 사람도 더불어 살 길이 열린다.' 는 더 큰 깨우침이 버티고 있다.

도시에 머물면서도 품앗이만은 제대로 하면서 살고 싶어 하는 문씨 아줌마, 그리고 도시에 남아 있으면서도 최선을 다해 살면 그게 제대로 된 품앗이가 아니냐고 우기는 미선 씨, 나는 젊은이들이 너나없이 죄다 시골로 돌아와 농사를 지어야 한다고 우길 생각이 없다. 먼 옛날부터 정신노동도 건강하기만 하다면 육체노동에 못지않게 중요한 노동이라는 생각은 늘 있어왔다. 기독교의 '십일조', 동양 사회에서 널리 시행된 '정전법', 그리고 구휼의 뜻이 많이 담긴 '십시일반'……. 이 낱말 안에는 정신노동의 가치를 인정하는 뜻이 담겨 있다. '일하지 않는 놈은 먹지도 마라.(一日不作 一日不食)' 는 《백장청규(百丈淸規)》에서 이르는 '일' 이 몸을 움직여서 하는 일만 가리키는 것은 아니라고 믿는다.

문제는 균형이다. 그리고 도시와 농촌 사이의 건강한 교류이다. 내 느낌으로 지금 형편이라면 적어도 도시에 머물고 있는 젊은이들 가운데 열에 다섯은 시골로 돌아와야 할 것 같다. 그리고 도시에 뿌리를 내릴 수밖에 없는 젊은이들도 적어도 한 해에 석 달쯤은 농번기를 도와서 시골에 내려와 몸을 놀려 일하는 게 바람직하다고 여긴다.

도시에 남아 있기 바라는 젊은이들에게 다시 한 번 묻고 싶다. '왜 젊은 당신들이 몸 놀려 나이 든 우리를 먹여 살리지 않고, 나이 든 우리가 힘겹게 농사지어 당신들을 먹여 살려야 하는가?'

거지발싸개와 깡통

취미생활을 바꾸었다. 전에는 점심 먹고 겨울에는 따뜻한 양지쪽에서, 여름에는 시원한 나무그늘에서 자울자울 졸다가 픽 고꾸라져 디링, 커우르르르, 디링, 디링, 커우르르르 …… 하는 게 최고 취미생활이었다. 그런데 나이 들고(?) 잠이 줄어들면서(?)부터 취미생활이 바뀌었다. 내 작업복 구멍 때우는 게 점심 먹고 하는 일이다. 양지쪽에서 이 잡는 것 말고. 어떤 때는 세 시간, 네 시간 후딱 지나간다. 바늘귀로 실 들어가는 게 가장 어렵다. 실이 낙타로 둔갑한다.(늙어서 그렇단다. 그런 '농담' 을 하는 연놈들이 가증스럽다.) 낑낑, 열려라 참깨, 들깨, 아주까리, 도깨비바늘……. 보리출판사 사장 정낙묵의 '냉장고에 코끼리 넣기' 생각이 난다.

국정원식 생쥐를 남영동에 끌고 가 물고문, 전기고문, 관절 빼기, 생니 뽑기 …… 해서 코끼리라는 자백을 받아내고 난 뒤에 냉장고에 처넣는다.

공안검사식 한총련에 '코끼리' 라는 별명을 가진 자가 있다. 국보법 위반이다. 그 녀석을 잡아 흔히 '냉장고' 라고 불리는 동빙고동

보안사에 집어넣고 주리를 튼다.

정낙묵식 (편집장) "코끼리가 너무 큰데요?" (정낙묵) "그래, 알아요. 그러니까 집어넣자는 거죠." (편집장) "집어넣기에는 냉장고가 너무 작은데요." (정낙묵) "글쎄, 알겠다니까. 그러니까 집어넣으라니까?" 편집장이 화가 나서 문을 쾅 닫고 씩씩대며 나가는 순간, 정낙묵이 눈을 감고 흐뭇하게 웃으며 말한다. "봐, 들어가잖아!"

윤구병식 코끼리를 앞에 두고 갑자기 미친 듯이 마구마구 소리를 지른다. "너 코끼리 맞아? 그 덩치로 그것밖에 못해? 생쥐도 너보다는 더 잘하겠다. 왜 눈을 내리깔아, 깔기는! 아니꼽다는 거야, 뭐야? 맞장 떠볼래?" 코끼리 몸이 점점 움츠러들어 나중에는 정말 생쥐처럼 작아진다. 그때 냉큼 목덜미를 잡아 얼른 냉장고에 처넣는다.

왜 누더기 깁기가 내 취미생활이 됐나? 감물 들인 개량한복을 입고 허드렛일을 한 게 고생길로 접어든 빌미가 되었다. 감물 옷이 바짓가랑이, 윗옷 소매부터 솔기가 닳아서 너덜거리고 구멍이 나는데, 처음에는 우리 여자 식구 가운데 가장 예쁜 '변산 공동체 미인' 소영 씨한테 기워달라고 했다. 그랬더니 남 발가벗고 사는 꼴 보고 싶어 그러나 며칠을 뭉기적거리더니, 드디어 짠! 예술품을 만들어 내놓았다. 우와! 멋져! 어쩌면 이렇게 색색 천을 써서 야무지게 기울 수 있나. 딸랑이짓(아부)도 이만하면 타의 추종을 불허한다. 얼굴만 아니라 바느질 솜씨도 예뻐.

그 다음에는 나도 흉내내본다. 안 된다. 오기가 생긴다. 낑낑거리며 매달린다. 포기할까 보다. 그때마다 곱게 누빈 색색 천이 곱게 눈을 흘긴다. 아깝다. 끝내 옷을 못 버리고 누덕누덕 누덕누덕……. 드디어 여름옷이 가을옷으로, 가을옷이 겨울옷으로 바뀌었다. 서울 하자센터 아이들이 와서 내 누더기 옷을 보고 논쟁을 벌인다.

"저 옷 헌옷 기운 것 맞아?"

"아니야, 디자인이야."

"그래도 솜씨가 우퍽지퍽한 게……."

"그것도 디자인이야. 멋있잖아."

흠흠, 나한테 온다. 와서 만져보는데, 옷깃을 뒤집어 보인다.

"우와, 진짜 너덜너덜 누더기네. 이 옷은 세상에서 제일 비싼 옷이겠다."

"왜?"

"몇 년을 두고 깁고 또 기웠을 테니, 바느질하는 데 들인 일품이 얼마나 되겠어."

"맞아, 수백 시간은 넘을걸?"

어깨가 으쓱. 갑자기 무슨 한 소식 깨우친 큰스님이나 된 듯이 으스대면서 속으로 생각하기를, 나도 죽기 전에 '의발(衣鉢)'을 전수해? 이 누더기를 누구에게 줄꼬? 전에 글쓰기회 황금성이 욕심내기는 했는데, 그쪽은 보람이 엄마까지 철밥통이 두 개씩이나 되니 헐벗고 굶주릴 염려는 없고…….

산문(山門)에서 무릇 '의발을 전한다' 함은 법통을 전한다 함이고, 법통을 전한다 함은 부처님 '깨고닥' 하신 뒤로 그 뜻이 '이심전심' 으로 꺼지지 않는 등잔불 옮기듯이 후세로 이어짐을 뜻하렷다! 그런데 법통을 지키려면 먼저 밥통을 지켜야 하는 법. '몰록 깨우친' 놈일수록 눈빛이 형형해 밥 빌어먹기가 힘들 테니 헌 누더기와 깨진 밥통을 물려주어 중생에게 자비심을 불러일으켜야 할지라. 거지발싸개 같은 넝마 옷 하나, 깨진 쪽박 같은 찌그러진 깡통 하나 물려주노니, 하나는 싸개 삼아 몸 가리고, 하나는 손목에 걸치고 천리만리 달아나서 밥 빌어먹으며 '밥 밥' 만 하지 말고 '법 법' 해라. 히히, 제법 그럴듯한데. 왜 '의발' 을 전했나 했더니 부처님 법 전하라는 뜻보다 중생한테 불쌍하게 보여 우선 목구멍에 풀칠 먼저 하라는 뜻이 앞섰구나. 대오각성!

잡초인 줄 알았더니

아이들이 방학을 기다리고, 도시 직장인들이 휴일이나 여름 휴가철을 기다리듯이 농사일에 눈코 뜰 새 없는 우리는 비 오는 날만 기다린다. 우리 어렸을 때 공사판에서 날품을 팔던 아저씨들이 즐겨 불렀던 노랫말에도 '우리가 놀면 놀고 싶어서 노나. 비 오는 날이면 공치는 날이지.'가 있듯이, 요즈음처럼 땡볕에서 밭에 나가 사는 날이 계속되다 보면 비 오기를 기다리는 마음은 더 절실하다. 밭에 심어놓은 곡식이나 채소가 목말라 하거나 땅속에서 비를 기다리는 씨앗들을 생각하면 더 그렇다.

지난여름에 우리 변산 공동체 식구들은 여름 내내 아침을 걸렀다. 아침에 배를 비우는 것이 건강에 도움이 된다는 생각에서 그런 것은 아니다. 그나마 시원해서 일하기 덜 힘든 때가 아침 이른 시간이거나 해가 뉘엿뉘엿해지는 저녁 무렵인데, 아침 밥상머리에서 그 서늘한 때를 허송하는 게 영 아까웠기 때문이다. 아침에 우는 새도 배가 고파 운다는데, 한창 때라서 돌이라도 삭일 위장을 지닌 젊은이들이 스스로 그런 결정을 하는 데는 대단한 결심이 필요했을 것이다. 올 여름에는 아마 상황이 바뀔 듯싶다. 지난여름에는 '잡초'들과 전쟁을 했는데, 올해는 그러지 않아도 된다는 생각이 든다.

'잡초' 들과 날마다 땡볕 속에서 싸워야 할 상황이 빚어졌던 것은 우리가 가꾸는 농작물들이 '잡초' 와 공존할 수 없었기 때문이다. 만일에 '잡초' 라고 여겼던 것이 농사의 훼방꾼이 아니라 자연이 사람의 수고를 덜어주려고 땅에 뿌려준 고마운 먹이라면 어떨까? 따로 가꾸지 않고 거름을 주지 않아도 잘 자라는 약초나 나물의 일종이라면? 올 이른 봄에 겪었던 '잡초' 사건이 기억난다. 마늘밭을 온통 풀밭으로 바꾸어놓은 그 괘씸한 '잡초' 들을 죄다 뽑아 던져 썩혀버린 뒤에야 그 풀들이 '잡초' 가 아니라 별꽃나물과 광대나물이었다는 사실을 알고 얼마나 후회했는지 모른다. 정갈하게 거두어서 나물도 무쳐 먹고 효소 식품으로 바꾸어도 좋을 만한 약이 되는 풀들을, 내 손으로 그 씨앗을 뿌리지 않았는데도 돋아났다는 이유 하나만으로 적대시하여 죄다 수고롭게 땀 흘려가며 뽑아서 버렸으니 어리석기도 하지.

정말 '잡초' 가 두렵다면 '잡초' 와 공존할 수 있거나 '잡초' 를 이겨낼 농작물을 심고 가꾸면 된다. 밭에 보리와 밀을 심었더니 '잡초' 걱정이 덜하다. 그렇다고 한 해 내내 보리, 밀농사만 지을 수는 없으니 다른 방법도 강구해야겠지. 논에 오리나 우렁이를 풀어놓아 '잡초' 를 먹고 자라게 하는 농사법도 유기농을 하는 분들 사이에 차츰 자리를 잡아가고 있는 듯하다. 우리도 올해는 논에 우렁이를 길러 벼농사 겸 우렁이 농사를 하기로 했다. 또 한 가지 방법은 논이나 밭에서 자라는 '잡초' 들을 하나하나 눈여겨보아 그것이 정말 잡초에 지나지 않는 것인지, 그렇지 않으면 나물과 약초인데도 몰라서 그냥 '잡초' 로 치부해버리는 것인지 판가름하는 것이다. '잡초' 로 알았던 것이 잡초가 아니라면 땡볕을 무릅쓰고 풀이 돋아나자마자 호미로 긁어내는 수고를 할 필요가 없다.

지렁이가 우글거리는 살아 있는 땅에서 저절로 자라는 풀들 가운데 대부분은 잡초가 아니다. 망초도 씀바귀도 쇠비름도 마디풀도 다 나물거리고 약초다. 마찬가지로 살기 좋은 세상에서는 '잡초 같은 인생'을 찾아보기 힘들다.

개 같은 내 성질

"나는 전생에 선업(善業)을 많이 닦아서 이승에서 자네들 같은 사람들 만나 이렇게 행복하지만, 자네들은 전생에 악업(惡業)을 많이 쌓아서 이승에서 이렇게 쌔빠지게 고생들 하고 있는 거여. 다음 생에는 나 같은 사람 안 만날라면 부지런히 몸 놀려서 좋은 업 많이 쌓게잉. 여그서는 머리 굴려봐야 아무 쓰잘 데 없응께 대그빡 싹 잘라불고……."

내가 우리 공동체 식구들에게 가끔 하는 농담이다. 나는 이런 말로 나의 행복감을 드러낸다. 내가 참, 사람 복은 타고난 듯싶다. 살아오면서 나보다 나이 드신 분이거나 어린 사람이거나 늘 나는 좋은 사람들에게 둘러쌓여 살아왔다. 얼마 전에는 우리 공동체 아이들이 쓴 글을 식구들 있는 자리에서 읽어주면서 모두 배꼽을 뺀 적이 있다. 궁금해할 것 같으니 소개해본다.

'선생님께서 한 이야기를 적은 것'

1. 하우스에서 고추 모종을 심었다. 하우스 속 땅을 30센티미터 정도 판 다음, 여러 가지 거름을 그 속에 넣고 흙을 또 넣고 고추 모종을 심고 비닐

을 씌었다. 그런데 문제는 파고 남은 흙. 어디에다 흙을 버릴까 고민하던 범석이 아저씨. 그때 밭이 눈에 띄어서 흙을 거기에다 뿌려버렸다. 그런데 그 밭이 상신이 아저씨가 여러 가지 씨앗을 심어놓은 밭이었다.

2. 상신이 아저씨가 아까 그 밭에 뿌릴 거름을 만들기 위해 돼지, 소, 닭, 토끼, 오리 똥을 긁어모아서 거름을 만들었다. 그런데 범석이 아저씨가 채마밭에 뿌렸다. 열불난 상신이 아저씨가 작업회의에서 그걸 말했다. 그래서 범석이 아저씨와 상신이 아저씨의 치열한 전투가 벌어졌다. 그것을 본 윤구병 선생님이 판단이 안 서서 둘 다한테 화를 냈다. 그러니까 그 두 아저씨가 열 받아서 윤구병 선생님을 공격했다. 세 명의(윤구병 선생님, 최범석, 박상신 아저씨) 치열한 전투 때문에 작업회의가 길어지자 비디오를 보기 위해 기다리고 있는 우리를 올려보내고 다시 싸웠다. 이 싸움의 결말은 상신이 아저씨가 범석이 아저씨한테 사과하고, 윤구병 선생님은 싸우다 얻어터져서 병원에 입원하려다가 "나는 애들한테 모범을 보여야 해. 자연 치유라는 걸 실험해보자." 그런 다음 병원에 안 가고 아침에 우리한테 와서 "애들아, 나의 억울함을 세상 사람들에게 알려라." 하고 이 이야기를 말씀해주신 다음 밖으로 나갔다. 이 사건이 일어나게 된 계기는 선생님 성격이 개 같아서다.(선생님 성격이 개 같다는 건 선생님도 시인하신 것이다.) 끝.

나의 이름은 알아서 생각하십시오.

이 글은 우리 공동체 학교에서 이제 중학교 2학년 과정을 밟고 있는 박꽃님이라는 아이가 쓴 것이다. 정말 재미있게 쓰지 않았나? 다음에는 똑같은 이야기를 고등학교 1학년 과정을 밟고 있는 아이가 어떻게 썼는지 살펴보자.

'어젯밤 작업회의 때 있었던 일'

국어 쓰기 시간에 윤 선생님이 들려주신 이야기를 쓴다. 선생님의 말투를 그대로 인용.

어, 저기, 이건 어제 저녁 작업회의 때 있었던 일이다. 너희 저기 밑에 하우스에 뭐가 있는지 아냐? 동물 축사 옆에 있는 하우스 말이다. 어, 거기 고추 모종이 있어. 정현아, 너 고추 어떻게 심는 줄 알지? 모르냐? 옛날에 고추를 땅에 그냥 씨를 뿌렸는데, 그렇게 하면 고추를 많이 수확하지 못해서 요즘은 모종을 키워서 한다. 어, 고추 모종은 추우면 죽어버리기 때문에 땅에 전기장판을 깔고 보온 덮개를 덮어서 하우스 안에서 키운다. 어, 저기, 우리는 땅을 파서 볏짚과 잘 썩은 퇴비를 넣고 상토를 덮어서 심은 뒤 보온 덮개를 덮어서 한다. 그런데 저기 밑에 곡식 시험하는 밭이 있어. 여러 가지 곡식을 심고 팻말을 세워놓은 밭이 있어. 거기를 상신 형이 관리하는데. 범석 아저씨가 고추 모종 흙을 파내서 곡식 시험 밭에 다 부어놓은 거야. 그러니까 상신이 형이 열 받았지. 그래가지고 상신이 형이,

"그 흙을 마당 한곳에 모아서 처리하면 안 되느냐?"

이런 식으로 말을 했어.

그런데 그때 흙 파낼 때 내가 옆에 있었거든. 내가 보기에도 일 효율을 위해서 흙을 거기 쌓는 게 맞아. 그래서 상신이 형한테,

"곡식을 적게 수확하게 되더라도 일 효율성을 생각해서 거기 쌓는 게 맞다."

라고 말하며 야단을 치니 상신이 형이 더 삐쳤지. 그런데 사실 이 일은 지난 2월에 있었던 일이거든. 그런데, 저기, 이 얘기가 왜 나왔냐면, 어, 저

기, 우리는 땅에 화학비료를 안 쓰고 퇴비를 쓰거든. 퇴비를 만들려면 동물 똥이 필요하거든. 어, 저기, 그런데 그 동물 똥을 모아서 퇴비를 만드는 건 냄새나고 귀찮은 일이야. 그걸 상신이 형이 아래 밭에 쓰려고 열심히 퇴비를 만들었거든. 그런데 범석 아저씨가 어제 채전을 만든다고 그 퇴비를 다 써버렸어. 어, 저기, 그래가지고 상신이 형이 열 받아서 그 얘기 하다가 지난번에 있었던 일까지 꺼내서 다투게 된 거야. 그래서 내가 범석이 아저씨를 야단치고 상신이 형 야단치고 그러니까 둘 다 단단히 삐친 거야. 어, 그래서 범석 아저씬 뛰쳐나가버리고 상신이 형은 앉아서 씩씩거리다가 상신이 형이 범석 아저씨한테 가서,

"목소리 높이고 해서 미안하다."

하고 사과를 했어. 그래가지고 화해를 했지. 어, 저기, 나도 둘이한테 가가지고 사과를 했어.

"내가 성질이 개 같아서 목소리 높이고 그래서 미안하다."

그러고 난 뒤에 다 같이 술 마시고 맘 풀었어. 어, 저기, 이제 이래가지고 끝이야.

이것은 '독립운동하는 결심' 으로(나는 열다섯 살이 넘은 우리 공동체 학교 아이들에게 자주 '옛날 우리 아버지는 열다섯 살 때 조랑말을 타고 장가를 들어 어른으로서 살림을 책임지셨고, 너희 할아버지의 할아버지들께서는 그 나이에 독립운동 하러 북만주로 떠나셨다. 그러니까 너희도 어린애가 아니니, 자기 삶은 자기가 책임지고 꾸려가야 해.' 하는 말을 해왔다.) 혼자 멀리 울산에서 와서, 비는 시간에 머슴 노릇(?)을 하기로 약속하고 공동체 학교에 다니는 아이가 쓴 글이다. 아이들 글 인용이 조금 길어졌

는데, 이만하면 내가 공동체 안에서 얼마나 폭군 노릇을 하고, 또 내 성질이 얼마나 개 같은지 잘 밝혀졌을 줄 믿는다. 이 '개 같은' 내 성질을 꾹꾹 눌러 참고, 농사에 아이들 교육에 열과 성을 다 쏟고 있는 우리 공동체 식구들이 얼마나 마음속으로 고마운지 모른다. 물론 내색을 하지 않지만.

얼마 전에 멀리 부산에서 한 처녀가 우리 공동체에 살러 왔다. 아이들을 가르치고 싶어서 왔단다. 어떻게 알고 왔느냐고 물었더니 《다시 희망을 묻는다》라는 책에 실린 내 인터뷰 기사를 읽고 내가 살 곳은 바로 여기다 싶어 왔다고 한다. 우리 공동체에 관해서든, 나에 대해서든 다른 정보는 하나도 없이 왔단다. 그래서 아이들 교육은 한 해 넘게 우리와 함께 열심히 농사를 짓고 난 뒤에 식구가 된 사람만 맡을 수 있다고 이야기해주었다. 그러겠노라고 대답한다. 이 처녀가 시원시원하고 일도 그 나름으로 곧잘 하는데, 본인 말로는 '건방져서' 말을 함부로 하고 행동이 거리낌이 없어 식구나 손님들에게 상처를 주거나 오해 살 일을 가끔 한다. 그리고 술을 많이 마시면 말썽을 일으키고, 이튿날 일손을 놓아버리는 버릇이 있다. 그러니 식구들 사이에서 따돌림을 받을 수밖에.

우리 식구들 가운데는 이 처녀보다 대여섯 살 어리지만 공동체 생활 경력으로는 한두 해 더 많은 식구도 있다. 짐작하리라 믿지만 서로 가정 형편도, 성장 배경도 다른 사람들이 한데 모여 공동체 생활을 해나간다는 게 여간 힘겹지 않다. 이념 공동체도 아니고 종교 공동체도 아닌 생활 공동체를 지향하는 우리 같은 사람들이 함께 살아가는 데는 이 어려움이 곱절로 커진다. 그러니까 이런 생활을 한 해, 두 해 견

떠낸다는 게 보통 일은 아니다. 석 달만 지내고 나면 어떤 사람이라는 게 속속들이 다 드러나게 되니까 적당히 얼버무리거나 요령을 부려 살 수도 없다. 그래서 그런지 1년 넘게 공동체 생활을 한 식구들은 비록 나이가 어리지만 어른스러운 구석이 있고, 알게 모르게 공동체 생활의 규율이 몸에 배어 엄격한(처음 온 사람의 눈에는 융통성 없고 경직된) 모습도 보인다. 어떤 경우에는 섭섭할 만큼 냉정해 보이기도 한다.

식구들과 자주 부딪히는 이 처녀에게 내가 이 공동체에서는 하루라도 먼저 들어온 사람의 의견이 더 존중받는다, 무슨 일이든지 잘 모르겠거든 먼저 온 식구들과 의논해서 일을 처리해가라고 했더니 대뜸 이렇게 묻는다. "그러면 이 공동체가 군대와 뭐가 다른가요?" 그래서 군대나 절집에서 이른바 '짬밥 순으로' 위계질서가 세워지는 것을 부정적으로만 보아서는 안 된다, 군대도 절집도 목적이나 지향이 다르기는 하나 어쨌거나 공동생활을 해야 하는 집단인데, 공동생활을 해나가는 데 옛날 마을 공동체에서 그러던 것처럼 나이가 위계의 기준이 될 수 없는 특수한 상황에서 무얼 기준으로 위계질서를 유지해야 할지 고심하던 끝에 그렇게 정한 것이 아니겠느냐고 이야기해주었다.

사실 옛 마을 공동체에서는 한 살이라도 더 나이 든 사람이 더 존중을 받았다. 그러나 옛 마을 공동체는 한 마을에서 태어나 자라고 늙어 죽으면 뒷산에 묻히던 사람들이 이루는 공동체였다. 그래서 한 살이라도 더 먹은 사람이 더 일찍 철이 들고, 그 사람의 일처리가 더 슬기롭다는 것을 모두 인정했기 때문에 나이에 따르는 위계질서가 가장 자연스러운 것일 수가 있었다. 요즈음에야 어디 나이가 든다고 덩달아 철이 드는가? 나도 아직 여섯 살배기 철부지 상태에 머물러 있는 걸. 아직은 철이 없어서 들어오자마자 여기에도 부딪히고 저기에도 걸려 넘어지는 이 처녀가 공동체 생활에 제대로 적응할 수 있을지 걱정스럽기는 하지만, 그래도 마음에 맑은 구석이 있어서 잘 견뎌나갈 수 있으리라는 믿음이 있다. 그동안 내 '개 같은' 성질을 잘 참아낼 수만 있다면.

항아리와 장독대

지난해 한여름부터 쌓기 시작한 장독대가 올 4월 초에 마무리되었다. 변산 부안 김씨 재실 한 귀퉁이에 쌓기 시작한 것인데, 장독대 터는 원래 쓰레기장으로, 10여 년이 넘게 주변에서 생긴 온갖 쓰레기를 거기에 다 버려 지저분하기 짝이 없었던 데다가 재실에 사는 사람들의 위생에도 문제가 있는 곳이었다. 오죽하면 농약병만 하더라도 몇 백 개가 거기에 버려져 있었을까. 그 음습한 곳을 정리해 태울 것은 태우고, 땅에 묻을 것은 묻고, 따로 모아 처리할 것은 처리하고 장독대 터를 닦는 데 처음 변산으로 이주했던 젊은이들의 고생이 많았다.

산자락을 조금 깎아 음습하고 움푹 파인 쓰레기장을 메우고 판판하게 터를 닦고 보니 아래 위 합해서 100평 남짓 되는 공간이 생겼다. 여기에 장독대 터를 만들기로 했다. 이 공사는 아름다움을 느끼는 타고난 심미안을 지닌 전관유 군이 맡기로 했다. 산자락에서 나온 돌 섞인 황토를 체로 쳐서 짚을 썰어 넣고 밟아 장독대 벽을 쌓아올리기 시작했다. 여름에 시작한 공사는 가을까지 이어졌다. 또 농사짓는 틈틈이 전주로, 줄포로 숨 쉬는 옛 항아리들을 모으러 다니느라 일의 진행이 더디었다. 서울이나 다른 대도시 변두리로 살길 찾아 떠난 이농민들의 빈집에 덩그렇게 남아 깨질 날만 기다리고 있던 장독들이 한두 개씩 모여 500개가 넘었는데, 장독대 일은 마무리되지 않아 쌓다 말고 겨울을 맞았다. 장독대를 둘러싼 토담 가운데 일부는 강회와 진흙을 섞어 마감질까지 해두었다.

그런데 나중에야, 한겨울 추위에 짚을 섞은 토담과 강회 섞은 겉흙 사이가 들떠서 다시 손볼 수밖에 없는 때가 와서야, 흙일은 가을이 깊어지기 전에 끝내야 한다는 사실을 알았다. 겨울 추위는 토담마저 가만히 내버려두지 않았다. 속살까지 얼어붙었던 흙이 봄비에 녹으면서 부풀어 올라 담을 밀어내자 토담 곳곳이 맥없이 무너져 내렸다. 한 군데는 두 번이나 무너져 내려 세 번을 다시 쌓아야 했다. 그때마다 전 군은 고집스럽게 다시 달라붙어 새로이 토담을 쌓아올렸다.

이 일은 가을까지 이어졌다. 서리가 내리고 땅이 얼어들기 시작할 때쯤에 내년 봄으로 다음 작업을 미루었는데, 한겨울 추위가 닥치자 담에 진흙과 섞어 바른 강회가 부슬부슬 떨어지기 시작했다. 한겨울에 내린 눈이 녹아 흙에 스며들어 추위에 다시 얼자 땅이 부풀어 올랐다. 군데군데서 토담이 무너졌다. 무너진 것을 다시 쌓아올렸더니, 이번에는 봄비가 내려 또 허물어뜨렸다. 무너진 데를 다시 쌓아올리고 마무리되지 않은 작업을 하느라고 4월 초순까지 전 군은 눈코 뜰 새가 없었다.

드디어 장독대가 완성되었다. 그동안 재실 마당과 밭에 앉혀두었던 장독들을 옮기기 시작했다. 이 일은 식목일 연휴를 맞아 일손을 도우려고 온 보리출판사 식구들과 일손도 도울 겸 취재도 할 겸해서 거제도에서 온 대우조선 노보 편집부 식구들이 맡았다. 어떤 것은 두 사람이 옮겨야 하고, 어떤 것은 네 사람이 달라붙어야 하는 이 숨 쉬는 옛 항아리들을 장독대에 올리느라고 애들을 무척 많이 썼다. 500개가 넘는 항아리 가운데 300개가량을 옮겨서 빼곡히 쌓았는데, 이 항아리들에는 앞으로 여러 가지 자연식품들이 담길 것이다.

우리가 지난해 큰 항아리들을 하나둘 모으기 시작할 때의 동기는 단순했다. 도시로 살길을 찾아 떠난 뒤에 폐가가 되어 허물어져가는 집을 지키다가 몇 해 지나지 않아 이런저런 이유로 깨어져 없어질 이 항아리들은 본디 농민들의 소중한 재산이었다. 한 섬들이 항아리는 쌀 한 섬을 주고 구했던 것이고, 닷 말들이 항아리는 쌀 닷 말을 옹기장이에게 퍼주고 장독대에 놓았던 것이다. 그런데 대도시에 가면 이 항아리들이 들어설 자리가 없다. 짐을 옮기는 데도 어려움이 있다. 아깝지만 버리고 가는 수밖에.

그런데 광명단을 섞어 반짝반짝 윤이 나는 요즈음 옹기들과는 달리 천연유약인 잿물만 입혀 구운 이 숨 쉬는 항아리들은 한 번 깨지고 나면 다시는 구워낼 수 없는 소중한 문화유산들이다. 쓸모가 없어서 다시 구워내지 않기도 하지만, 구워낼 기술을 지닌 사람이 남아 있지 않고, 또 그런 사람이 있다 할지라도 장작을 몇 날 며칠씩 때어서 구워내야 하는데 수지가 맞지 않아 구워낼 엄두를 낼 수 없다. 따라서 한 번 없어지면 그것으로 그만이다.

처음 항아리가 100개로 늘어나고 200개로 늘어날 때는 이제 그만 모아야겠다는 생각도 했다. 그 많은 항아리를 모아 어디에 쓰랴 하는 생각이 들어서였다. 그런데 그게 아니었다. 모아놓고 보니 하나둘 쓸모가 생기기 시작했다. 처음 농사지으러 변산에 들어오면서부터 길러내는 모든 농작물에 제초제나 농약을 쓰지 않고 화학비료도 주지 않기로 결심을 하고 농사를 짓기 시작했던지라, 돋아나는 풀들과 악전고투를 하면서 길러낸 농작물의 이파리 하나 뿌리 하나에 땀이 배어 있지 않은 것이 없었다. 고구마 넝쿨을 걷어 효소를 담고, 시장에 내다 팔 수 없는 조그마한 감들을 따서 식초를 담고, 바랭이와 싸우면서 길러낸 고춧대에 매달린 끝물 고추를 따 염장해서 고추김치를 담고, 가뭄이 들어 제대로 여물지 못한 콩을 추수하다 떨어진 콩 한 톨까지 모아 간장과 된장과 고추장을 담고……. 이러다 보니 빈 항아리가 하나씩 둘씩 채워져 어느새 항아리 100여 개 가까이 가득하게 되었다.

이 항아리에 가득 찬 여러 가공식품들 가운데 일부는 변산 식구들이 먹고, 일부는 이웃에게 나누어줄 것이다. 우리는 이웃에게 나누어줄 차례를 생각했다. 변산 식구들이 아직은 자급자족 체제를 갖추고 살지 못하므로 알게 모르게 남의 덕에 사는 측면이 많다. 우리가 입고 있는 옷, 신고 있는 신발에서부터 농기구, 그릇, 전기와 전화에 이르기까지 모두 남의 덕을 입고 있다.

"우선 우리의 생활에 꼭 필요한 것들을 생산해내는 분들에게 빚을 갚고, 남는 힘이 있으면 어려운 분들 차례로 돕기로 하자. 나이 들어 의지할 데 없는 노인들, 어려서 부모 잃은 아이들, 정신과 신체에 큰 장애를 입어 사회에 정상으로 적응해서 살기 힘든 이들과 함께 사는 방법도 연구하기로 하자. 그러려면 어지간히 소득도 있어야 하는데 알다시피 유기농이나 자연농법을 이용해서 곡식이나 남새를 길러내더라도 그것만으로는 먹고살기도 빠듯하다. 땅을 살리고, 그 땅에서 건강한 농작물을 길러내어 이웃과 나누고 싶지 않은 농민이 어디 있으랴마는 농산물이 제값을 받지 못하고, 유기농과 자연농법을 이용해서 농사를 지으려면 제초제, 화학비료, 농약, 항생제가 섞인 사이비 유기질 비료를 이용해서 농사짓는 것보다 몇 곱절 더 힘이 들기 때문에 젊은이들이 없는 농촌에서 노인들 일손만으로 이 일을 감당하기 힘들다.

우리도 마찬가지다. 현재 하는 방식으로 농사를 지어 1차 생산물을 그대로 시장에 내놓을 경우에 이웃에 도움을 줄 수 있기는커녕 우리 입에 풀칠하는 데도 바쁠 것이다. 이래저래 우리가 지은 농사에서 생기는 1차 생산품들을 가공해서 부가가치를 높일 궁리를 해야 하는데, 그렇다고 큰 식품공장을 세워 대량생산 체제를 갖출 수는 없는 노릇이다. 그렇게 하려면 비용 문제뿐만 아니라 공장제 생산에 따르는 인적, 물적 관계의 변화, 거기에 뒤따르는 여러 부작용도 함께 감당해야 한다. 어차피 항아리를 모아 장독대 위에 놓은 뜻도, 또 흙으로 빚은 항아리에 걸맞은 장독대를 쌓으려면 토담을 치고 바닥도 살아 있는 흙을 이용해 마감하자고 고집한 것도 사람들이 버려서 쓸모없는 것으로 남은 '여분'을 알뜰하게 이용하여 쓸모 있는 것으로 바꾸자는 생각에서 비롯한 것이니까, 농사를 짓고 거기에서 생산된 것을 가공하는 데도 이 뜻을 잊지 말자." 이렇게 다짐한다.

올해는 남은 항아리에 몸에 이로운 산야초들을 채집하여 효소와 술도 담고, 콩 농사도 더 부지런히 지어 간장과 된장도 더 담고, 가까운 바다에서 나는 고기들 가운데 사람들이 거들떠보지 않아서 값이 안 나가는 고기들을 항아리에 담아 그늘지고 온도가 일정하게 유지되는 곳에 오래오래 위생적으로 보관하면서 곱게 삭여 맛있는 젓갈도 만들려고 한다. 그러다 보면 '지성이면 감천'이라고 우리가 마음에 두고 있는 새로운 공동체와 실험학교를 이루어낼 재원도 마련될 수 있으리라고 본다.

게으름뱅이의 말

'부지런함'이 미덕이라고 한다. 그렇다. 부지런함은 미덕이다. 그러나 그것은 원시인의 미덕이고 노예의 미덕이다. 사람들이 뛰면서 생각한 적이 있었다. 원시인들은 맹수들에게 몰려 달아나면서 살 궁리를 했고, 노예들은 주인의 심부름으로 뛰면서 늦었을 경우에 일그러지는 주인의 표정을 머릿속에 떠올렸다. 그러나 인간은 원시 상태에서 벗어나면서 '뛰기'를 그만두었다. 노예임을 그치면서 '뛰면서 생각하기'를 마다했다. 인류의 문화는 게으름뱅이에 의해서 만들어져왔다. 부지런함이 문화를 낳을 수 없음은 수탉이 알을 낳을 수 없음과 같다. 지금도 아프리카의 고원지대에는 먹고살기 위해서 하루 종일 뛰는 부족이 있다. 그이들은 꼭두새벽에 일어나서 풀잎에 맺힌 이슬을 따느라고 부지런히 서둔다. 마실 물이 없기 때문이라고 한다. 다음에는 창을 들고 짐승을 잡거나 열매를 따기 위해서 들판을 뛰어다닌다. 그이들에게는 그러나 문화가 없다. 만일에 그이들이 게으름을 부리도록 자연이 베풀어준 밤과 잠이 없었다면 그이들은 살아남지도 못했으리라. 말하자면 그이들은 먹고살기에 너무 바빠서 문화를 만들 틈이 없었던 것이다.

미네르바의 올빼미는 황혼에 깃을 펼친다. 지혜는 뛰기를 그만둔 순간부터 생긴다는 이야기다. 그리스의 문화는 게으름뱅이들의 문화였고, 할 일 없이 건들건들 걷는 사람들의 문화였다. 부지런한 사람에게는 한가할 틈이 없다. 걱정하고 슬퍼할 틈이 없으니 좋지 않으냐고 이야기하지 마라. 생각할 틈도, 남과 이야기를 주고받을 틈도 없다는 말이기도 하니까 말이다. 이 세상에 지혜를 가져다주고 빛을 가져다 준 사람 가운데에 누가 부지런했느냐? 누가 뛰면서 생각했느냐? 소크라테스는 맨발로 시장 바닥을 빈들거리며 게으름뱅이들과 환담을 하면서 산 사람이고, 석가는 제 손으로 자기가 먹을 양식을 거두어본 적이 없이 7년 동안이나 나무 밑에서 게으름을 만끽한 사람이고, 공자는 할 일 없이 여러 나라를 돌아다니면서 왕이나 고관대작들과 생산과는 아무 상관이 없는 이야기로 일생을 보낸 사람이며, 예수는 게으름을 피우기 위해서 목수 일을 그만둔 사람이다.

부지런함은 게으름의 미덕을 즐기기 위한 필요악이지, 그 자체가 미덕일 수는 없다. 하루에 여덟 시간씩 일하는 국민이 하루에 네 시간씩 닷새만 일하는 국민보다 더 앞선 민족이라고, 더 문화민족이라고 누가 그러더냐. 부지런함은 다만 사람다움에서 벗어나는 일일 뿐만이 아니라 대자연의 섭리에도 벗어나는 일이다. 대자연은 새에게 부리와 날개를, 들짐승들에게는 억센 이빨과 빠른 발을 주었으나, 사람에게는 말과 생각하는 힘을 주었다. 말은 생각과 함께 태어난 한배 자식이다. 생각이 담기지 않은 말은 지저귐이나 으르렁거림이고, 말로 엮이지 않은 생각은 막연한 느낌일 뿐이다. 말과 생각은 여유를 필요로 한다. 여유는 곧 게으름을 피울 틈을 말한다. 헐레벌떡 뛰어다니다가 저녁 무렵에 화롯불 곁에 모여 앉을 때에 비로소 말이 생기고 생각이 생기고 예술이 생기고 문화가 생긴다.

현대인의 비극은 게으름을 악덕이라고 생각하는 데에서 비롯된다. 계몽기의 과똑똑이들이 서양의 역사에서 가장 게을렀던, 따라서 가장 평화롭고 복되었던 중세를 문화의 밤이라고 섣부른 진단을 내리고, 그 뒤에 산업혁명과 중상주의와 결탁하여 게으름을 악덕이라고 규정함으로써 서양에 새로운 야만시대가 시작되었다. 많은 사람을 탄광의 광부로, 공장의 직공으로, 막벌이꾼으로 부리기 위해서는 그이들로부터 사람다움을 빼앗고 노예로 만들 필요가 있었다. 사람에게서 사람다움을 뺏는 가장 빠른 길은 그이들에게서 게으름을 부릴 틈을 빼앗는 것이다. 그치들은 사람들에게서 게으름을 추방하기 위하여 모든 수단을 다 동원했다. 공장을 세웠고, 신문을 만들어냈고, 전기를 만들어 밤을 추방했고, 각종 오락시설이라는 이름의 생각할 여유를 주지 않는 기구들을 만들어냈다. 그리고 인간에게 자연을 정복할 수 있다는 미신을 심어주어 자연과 인간 사이에 적대관계를 빚어냈다.

이제는 누구에게도 옛날처럼 게으름을 피울 인간으로서의 특권이 주어져 있지 않다. 뛰지 않으면 먹고살 수 없는 시대가 된 것이다. 대부분의 사람들은 먹고살기에 너무 바빠서 이웃과 이야기를 주고받을 시간도, 생각의 실타래를 풀어낼 시간도, 삶의 참뜻을 파헤칠 시간도 없다. 현대인은 게으름을 피우지 못하도록 태어나자마자 틀 속에 집어넣어진다. 젖먹이 음식의 차림에서부터 시작해서 학교 가기 전에 어떤 것을 어떻게 해야 한다는 이른바 '배움'이라고 일컬어지는 아무짝에도 소용없는 부지런 피우기를 대학에 다닐 때까지 우격다짐으로 머릿속에 집어넣어야 하고, 그러고 나면 군대, 직장 은퇴를 거쳐서 왜, 어떻게 살아왔는지도 모르는 채 시체실에서 무덤으로 옮겨진다.

그래도 옛날에 비해서 현대가 살기 좋은 세상이라는 넋 빠진 소리는 하지 마라. 여름에 아이스크림을 먹고 겨울에 수박을 먹는 것을 행복이라고 부르지 마라. 도시화되어가는 현대 사회가 계절 감각을 잃어감이 인간에게 얼마나 큰 충격을 주는지에 대해서 생각해본 적이 있느냐? 사계절이 주어진 땅에 사는 사람들에게 계절 감각의 상실은 곧 뱀이나 곰이 겨울잠을 잃음과 무엇이 다르랴. 봄철에 뿌려야 할 씨앗을 여름철에 뿌려도 틀림없이 자라서 열매를 맺기는 한다. 그러나 그것은 싹이 트지 않는 열매가 된다. 사람이라고 해서 왜 계절이 없겠느냐? 게으름을 피울 때에 부지런을 피우는 것은 마치 때가 아닌 때에 씨를 뿌림과 다름이 없다. 역사상에 게으른 민족이 남을 해치고 전쟁을 일으킨 예를 보았느냐? 게으름의 자유를 즐기는 사람이 욕망에 사로잡힌 예를 보았느냐? 양지쪽의 통 속에서 이를 잡고 있던 디오게네스와 세계를 정복할 야망에 불타 있던 알렉산드로스 중에서 누가 더 행복했고, 누가 더 착했으며, 누가 더 문화를 낳는 어머니 구실을 크게 했더냐?

착하고 성실하라고 하면서 부지런하라고 함은 얼마나 우스꽝스러운 모순이냐? 부지런함이 미덕인 사회에서는 착함과 성실함은 이미 미덕이 아니다. 부지런함은 곧 생산성을 뜻하고, 생산성은 효율을 뜻하며, 효율은 경쟁이라는 자로 재어진다. 그런데 착함과 성실함은 경쟁과는 적대관계에 있는 협조라는 자로 재어지는 특성이다. 100미터를 맨 앞에서 뛰겠다고 마음먹는 놈에게 어찌 뒤떨어지는 놈들을 돌

볼 마음이 있겠느냐? 부지런한 자들의 천국에는 황혼이 없다. 밤이 없다. 따라서 부지런한 자들의 천국에서는 미네르바의 올빼미는 깃을 펼치지 못한다.

부지런한 놈과 게으른 놈의 차이는, 부지런한 놈이 겨울철에 비닐하우스에서 수박을 키워내느라고 애쓸 때에 게으른 놈은 동네 사랑방에서 지난여름의 수박 맛을 아쉬워하며 벗들과 내년에 즐길 수박화채에 대해서 입맛 돋우는 이야기를 나눔에 있으며, 부지런한 놈이 20년 뒤에 굴러 들어올 엄청난 재산을 꿈꾸며 나무를 심을 때에 게으른 놈은 숲속에서 들릴 새소리와 그 안에서 벌어질 토끼 사냥을 꿈꾸며 나무를 심는다는 데에 있다.

현대인아, 너는 왜 뛰면서 생각하느냐? 어느 주인이 너를 그렇게 몰아대느냐? 어떤 무서운 괴물이 네 뒤를 쫓고 있느냐? 너는 바로 멸망을 향해서 뛰고, 죽음을 향해서 뛰는 것이 아니냐? 어차피 죽음의 문턱에 이르는 것이 사람의 숙명이면, 게으르게 건들거리면서 그 문턱에 가는 것이 더 좋지 않겠느냐? 때 아닌 씨앗을 뿌려 쭉정이만 있는 낟알을 거두는 것보다 때에 맞는 씨를 뿌려 영근 낟알을 거두는 것이 더 낫지 않겠느냐? 현대인아, 밤이다. 부지런 그만 피우고, 우리 풀숲에 누워 별을 헤아리자. 그리고 올빼미가 깃을 펴기를 기다리자.

2

흙 위에서 자유로이 살다

내가 살아온 길

요즈음 거리에 나서면 앞가슴이나 등판에 외국말로 도배를 한 환한 원색 옷차림의 젊은이들이 자주 눈에 띈다. 이런 옷차림을 볼 때마다 내 어린 시절이 떠오른다. 지금은 이런 차림새가 풍요의 상징인 것으로 비치지만, 내 어릴 적에는 가난의 낙인이었다. 전쟁 직후 피난살이가 한창이었던 그 즈음 다른 사람들이 모두 희거나 검은색 옷을 입고 있을 때 나는 요즈음 젊은이들이 걸치고 다니는 원색 옷을 입고 다녔다. 그런 옷을 입으면 부끄러움으로 속살까지 빨개졌지만 달리 길이 없었다. 다닥다닥 붙여 지은 난민 주택 단칸방 윗목에 놓인 옥수수가루나 탈지분유와 함께 그것은 비록 체취가 다른 '코쟁이'들이 입던 것이어서 노린내가 났지만, 내 말라비틀어진 몸을 보호해줄 유일한 옷가지였기 때문이다.

지금도 대부분의 사람들이 겪고 있는 것이지만, 가난은 내 대학 시절에까지, 그리고 그 뒤로도 오랫동안 끈질기게 따라붙었다. 하기야 한 해 새경으로 나락 열 섬을 받는 부잣집 상머슴 되는 것이 유일한 꿈이었던 어린 것이 이 덕 저 덕으로 대학까지 간 것만 해도 꿈만 같은 이야기지만, 막상 대학 문을 들어서니 학비 문제는 장학금으로 해결되었으나 먹고 살 길이 막연했다. 가뭄에 콩 나기로 들어오는 가정교사 자리도 의지가지없고 고향이 전라도인 험상궂은 철학도에게는 차례가 돌아올 리가 없었다. 살길을 찾아야 했다.

동대문시장에 가서 물들인 군복을 사고 맨발에 흰 고무신을 신었다. 유난히 빨리 자라는 머리 문제는 종로5가 후미진 골목에 있는 이용 학원이 해결해주었다. 이발소에 가면 100원을 주어야 깎아주는 머리를, 여기에서는 10원에 깎을 수 있었다. 다만 '바리캉'을 처음 드는 실습생들 손에 머리칼이 한 줌씩 뽑혀 나오는 아픔쯤은 각오해야 했다. 모처럼 다른 학생들같이 길러보려고 부탁했던 머리에 탱크 자국이 나거나 쥐가 쏠아 먹은 흔적이 나면, 에라 모르겠다, 그냥 빡빡 밀어주슈, 이렇게 해서 대학 2년을 밤송이머리로 지냈더니 그럴듯한 소문이 돌았다. "왜, 거 있잖아? 철학과 윤 부린너 말야. 한여름까지 물들인 군복에다 맨발로 고무신 질질 끌고 다니는 놈. 그 녀석 못생긴 주제에 철학하는 티 되게 내고 다니던데!" 철학과를 택했다는 게 천만다행이었다.

동대문시장 안 근로자 급식소에서 한참 줄서 기다린 뒤에 한 그릇에 2원 하는 퉁퉁 불어터진 국수로 끼니를 때우기도 하고, 서대문 네거리에 있는 적십자 병원에 가서 피를 팔아 목돈(?)을 마련하기도 하다가 드디어 노점상으로 나서기로 했다. 단속 경찰과 숨바꼭질이 시작되었다. 그때 내가 깨우친 것은 길가에 구두통을 놓고 구두를 닦는 사람에게는 지나가는 사람들이 하나같이 구두로만 보인다는 사실이었다. 그리고 이렇게 단순화되고 메말라버린 의식과 감수성에 투영되는 타인의 행복한 삶은 건강하게 보이지 않는다는 것이었다. 한마디로 '어떤 놈은 부모 잘 만나고 팔자 좋아 띵까띵까 놀면서도 저렇게 잘 사는데, 우리 같은 놈은 아무리 살려고 발버둥을 쳐도 말짱 헛것이여. 이놈의 세상, 확 뒤집어져야지.' 이런 생각을 안 가질 수 없는 사람들에게 밥상을 차 엎어버리는 단속 경찰이 '우리 편'이라는 생각이 들 리가 없다.

나는 살아오는 동안에 가출을 세 번이나 했다. 두 번은 중 · 고등학교 다닐 때 했고, 한 번은 〈뿌리깊은 나무〉 편집장 시절에 했다. 나중 것은 '출가'로 미화된 것이지만, 가출이나 출가나 그게 그거지 뭐. 학교에 다닐 때 가출을 한 것은 지금까지도 바뀌지 않고 있는, 내 구체적인 삶과는 동떨어진 제도교육에서 얻는 것보다는 잃는 것이 더 많다고 느꼈기 때문이다. 나는 예수나 석가 같은 성인들의 삶을 본받고 싶었다. 그리고 학교가 그런 삶의 길을 알려주기 바랐다. 그러나 학교에서는 모든 사람이 자유롭고 평등하고 평화롭고 협동적인 사랑의 공동체를 이룰 수 있다는 것을 아무도 일러주지 않았다. 사회에 나와서도 마찬가지였다. 직장을 얻어 굶주림의 공포에서는 벗어났지만 그것은 이웃과 더불어 벗어난 것이 아니고 요행히 나만 살짝 빠져나온 것에 지나지 않았다. 그리고 그것은 비겁한 타협을 통해서였다. 〈뿌리깊은 나무〉에 실린 글이 유신시대를 연 위정자의 비위에 거슬린다 하여 인쇄소에서 페이지째 잘려나가는 것을 옆에서 지켜보면서도 나는 꿀 먹은 벙어리였다.

요즈음은 다행히 내가 그토록 찾아 헤맸던 예수와 석가를 무더기로 만나고, 그분들을 통해서 바른 삶의 길을 조금씩 깨우치고 있다. 생색내지 않고 내 밥상에 오르는 밥과 국거리와 반찬을 마련해주시는 분들, 내가 헐벗지 않게 옷을 만들고, 편안히 잠들게 땔감을 마련해주시는 분들, 내가 배우고 가르치는 책을 만들려고 밤새워 인쇄소에서, 제본소에서 일하는 분들. 이 모든 근로 대중이 내 육체적, 정신적 삶을 지켜주고 이끌어가는 내 스승들이요 성인들이다. 좋은 푸성귀는 남에게 먹이고 제 몫으로는 시들고 볼품없는 푸성귀를 남기는 분, 맛있는 고기는 남의 상에 올리고 자기는 찌꺼기만 먹는 분, 땀 흘려 성능 좋은 오디오, 비디오 제품을 만들어 남의 집에 들여놓고 사글세방에 지친 몸을 눕히는 분, 이분들 덕에 내가 살면서도 이분들을 섬기지 못하면 나는 개자식이다.

아! 뿌리 깊은 나무

살아 계실 때 한창기 선생은 자기를 '사장님'이나 '선생님'으로 부르지 말고 '씨'라고 부르라고 귀에 못이 박히도록 이야기했지만 나는 한 번도 남이 듣는 데서나 본인이 있는 곳에서 한창기 씨라고 불러본 기억이 없다.(내 기억이 잘못되었을 수도 있겠다.) 나이 차이는 일곱 살밖에 안 났지만, 그만큼 내게는 그야말로 선생님 같은 분이었다.

1972년으로 기억하는데, 친구의 추천으로 브리태니커 회사에 입사 시험을 보러 갔다. 딴 시험은 안 보고 자기소개서 하나 써 갔다. 딴에는 재미있게 쓴다고 길게 써 갔는데, 그걸 읽은 면접관 가운데 하나가 나한테 대뜸 "아니, 서울대 대학원까지 나온 사람이 왜 이렇게 외국 책이나 비싸게 팔아먹는 깡패 집단에서 일할 생각이 났습니까?" 비슷한 말로 아픈 곳을 찔렀다. 속으로 '뭐 이런 사람이 있어?' 하고 배알이 뒤틀린 내가 곧바로 "다른 뜻 없습니다. 밥 빌어먹으러 왔습니다." 하고 퉁명스럽게 대꾸했다. 이 거친 문답이 취직하는 데 걸림돌이 되지 않아서 나는 '불이타니까'(이것도 한창기 선생의 '브리태니커'에 대한 '꼰흉내'였다.)에 입사를 했다. 나중에 알고 보니 나한테 무례한 질문을 함부로 던진 사람이 바로 한창기 사장이었다.

내가 입사했을 때 '불이타니까'는 서울 청계천의 삼일빌딩 25층과 26층을 통째로 빌려 쓰고 있었다. 바닥에는 푸른 융단을 깔고, 간부들은 따로 격리된 유리방에 앉아서 세련된 다자인의 책상과 의자에 팔꿈치와 엉덩이를 붙이고 일하던 판이었다. 다들 구둣발로 그 융단을 밟고 다니는데 나는 황송해서 그럴 수가 없어 맨발로 걸어 다니기를 좋아했다. 한창기 선생은 처음에는 멈칫하고 내 맨발을 내려다보더니만 "미스터 윤, 발이 참 편하겠구먼." 하고 그만이었다. 그 뒤로 나는 허가받은 '맨발의 청춘'이 되었다. 그러나 그 좋던 시절은 오래가지 않았다. 얼마 뒤에 우리는 그때 제일 좋았던 삼일빌딩에서 중구 영락교회 옆에 있는 낡은 집으로 이사를 해야만 했다.

〈뿌리깊은 나무〉는 한창기 선생이 삼일빌딩에 둥지를 틀던 무렵부터 내고 싶어 어쩔 줄 몰라 하던 잡지였다. 그때는 한국에서 브리태니커 백과사전이 그야말로 불티나듯이 팔리던 시절이었다. 돈 좀 있는 사람들은, 심지어 영어에 까막눈인 사람들마저 '세계에서 가장 권위 있는 백과사전이고, 교양 있는 구미의 모든 명문가에서 적어도 하나씩은 갖추고 있는 장서'라는 말에 현혹되어 너도 나도 한 질씩 들여놓는 바람에, 한국은 브리태니커를 내고 있는 시카고 대학의 학자들과 편집자, 그리고 경영진에게 단번에 세계에서 가장 빠른 시간 안에 가장 많은 독자들이 생겨난 가장 '교양 있는' 나라로 비치게 되었다.

그런데 그때 한국은 가난한 '개발도상국'이었기 때문에 외국 사람이 돈을 벌어도 '과실송금'을 마음대로 할 수 없고, 이익금이 이 땅에 묶여 있어야 했다. 한창기 선생은 그 돈이 은행에 게으르게 잠들어 있는 꼴을 못 보아내고 '시카고 촌놈들'(브리태니커 본사 사람들을 한 선생은 이렇게 부르기도 했다. 물론 하는 짓이 마음에 안 들거나, 자기 요구가 무시당했다고 여길 때에 한해서 하는 욕이었지만.)에게 이 돈을 월간 잡지를 내는 데 써야겠다고 통보했다.

그러나 그 제안이 호락호락 받아들여질 리가 없었다. 나는 잘나가던 삼일로 시절, 한창기 선생이 '시카고 촌놈들' 가운데 누구였는지는 몰라도 두 시간 가까이 국제전화로 '꼬시고' '뻥치고' '으르렁거리던' 모습을 생생하게 기억하고 있다. 그 내용은 대체로 이런 것이었다.(내가 영어가 짧아서 다 알아듣기는 힘들었지만.)

"브리태니커를 뒤져보면 한국에 관한 항목이 그야말로 쥐 불알만하게 실려 있는 바람에 한국 사람들 실망이 이만저만이 아니다. 그래서 지금 브리태니커 불매운동을 벌이려는 '불순한' 기운이 퍼지고 있다. 이쯤 해서 불을 끄려면, '컨슈머리즘'(소비자주의. 이 말은 한창기 선생에게 받은 그 많은 교육 가운데 첫 영어 교육으로 기억한다.)이 브리태니커 백과사전 판매에 큰 걸림돌이 되기 전에 한국 문화를 제대로 담은 월간 잡지를 하루 빨리 내야 한다."

'시카고 촌놈들'은 돈 잘 벌어주는, 그리고 말을 더듬을 때마저도 미국놈 식으로 더듬는 이 영악한 '조선놈' 한테 넘어가서 구렁이 알 품듯이 품고 있던 이익금의 일부를 잡지 발행에 돌리는 것을 마지못해 허락하게 되었다.(그러나 그 돈주머니가 너무나 단단히 묶여 있어서 끈을 푸는 데만 꼬박 4년이 걸린 것으로 기억한다.)

'시카고'의 허락이 떨어지자마자 신바람이 난 한창기 선생이 일을 저지르기 시작하는데, 잡지 물이나 먹었다는 사람들이 보기에는 망할 짓만 골라서 하는 꼴이었다. 가관이었다. '월간 교양 잡지' 〈뿌리깊은 나무〉가 창간되면서 당시에 잡지계를 풍미하고 있던 금기를 깨뜨린 것을, 내가 기억하는 것만 적어보면 얼추 다음과 같다.

첫째, 잡지 제목이, 더구나 월간 교양지 제목이 네 글자를 넘으면 망한다.(그때 가장 이름이 긴 월간지가 여성지 빼고는 〈문학사상〉이었다.)

둘째, 제목을 한글로 달면 망한다.('지성인은 한자와 한문을 선호한다.' 오죽하면 〈창작과비평〉 같은 진보적인 계간지조차 제목을 한자로 썼을까.)

셋째, 가로쓰기를 고집하면 망한다.(그때 〈창작과비평〉만 가로쓰기를 고집했을 뿐, 심지어 여성지들까지 모두 세로쓰기를 했다.)

넷째, 교양지가 국판 크기보다 더 크면 망한다.(왜냐하면 한국에서 본뜬 월간 교양지인 〈분게이슌주(文藝春秋)〉 같은 일본 잡지들이 거의 한결같이 국판 크기였기 때문에.)

다섯째, 두툼하지 않으면 망한다.(그때 신문사를 끼고 나오던 월간 잡지들인 〈신동아〉나 〈월간중앙〉, 〈월간조선〉들의 두께가 500면 정도였는데, 〈뿌리깊은 나무〉는 180면에 지나지 않았다.)

여섯째, 부록을 곁들이지 않으면 망한다.(월간지들이 너도나도 단행본 형태의 부록을 끼워주어 독자들을 현혹하던 시절이었다.)

일곱째, 한글 전용하면 망한다.(한자와 영어를 섞어 써야 교양인이 교양 있는 잡지로 여긴다고 해서 거의 모든 교양지가 한자와 외국어 낱말로 도배하다시피 하던 판이었다.)

여덟째, 필자 글에 교정 이상의 손을 대면 망한다.('교과서 글이 잘못되었다고 뜯어고치는 사람 보았느냐, 그런데 교양지에 글을 쓰는 사람들은 지금, 또는 앞으로 모두 교과서에 글이 실리거나 그럴 공산이 큰 사람들이다. 필자들이 잘못된 글을 쓸 수 있다는 생각을 하는 것만으로도 천인공노할 짓이다.' 라는 신화가 지배하던 분위기였다.)

아홉째, 교양지에 광고가 많이 실리면 망한다.('교양인은 광고를 싫어한다. 교양지는 상품이 아니다. 따라서 자본주의 질서를 드러내놓고 인정하면 그 잡지는 교양인인 독자들에게 외면당한다.')

열째, 편집자들이 필자의 글에 비판적인 시각을 갖고 있으면 망한다.('필자는 왕이다, 필자의 글에 칼질을 하는 순간에 필자들은 그 잡지에 등을 돌린다.')

열한째, 필자의 글이든 편집진에서 쓴 글이든 제목을 쉽게 쓴다고 길게 늘이면 망한다.(이를테면 '유행의 시대적 고찰' 이라고 해야지, '유행은 시대에 따라 어떻게 바뀌나?' 같이 쓰면 안 된다는 것이다.)

열두째, 연재물이 하나도 없으면 망한다.(신문 소설처럼 다음 호를 기다리게 하는 미끼가 없으면 잡지를 계속해서 사볼 동기가 부여되지 않기 때문에.)

열셋째, 표지에 사진, 그것도 무거운 느낌을 주는 의미 있는 사진을 쓰면 망한다.(그런데 〈뿌리깊은 나무〉가 창간호에 일을 너무 많이 해서 손톱이 몽그라지고 쪼글쪼글한 노인의 두 손이 쌀을 한 움큼 쥔 사진을 표지로 내놓다니, 앞날이 훤히 내다보인다는 것이 중론이었다.)

열넷째, 차례에 각별히 신경 써서 길고 다양하게 기삿거리들을 펼쳐 보이지 않으면 망한다.(그래서 당시에 교양 월간지는 여러 면으로 펼쳐지는 목차를 크기가 다른 활자로 울긋불긋하게 꾸몄다. 그런데 〈뿌리깊은 나무〉는 한쪽에 똑같은 글자로 차례를 다 때려 박았다.)

열다섯째, 널찍한 여성지 크기면 망한다.(여성과 교양은 어울리지 않는다는 마초적 여성관이 은연중에 교양지를 보는 남자들 머릿속에 똬리를 틀고 있던 시절이었다. 여성지를 연상시키는 것만으로도 교양인에게 혐오감을 불러일으킨다는 말이렷다.)

열여섯째, 다달이 특집이 실리지 않으면 망한다.(모든 월간지가 특집 하나만으로 모자라서 제2, 제3 특집을 마련하여 독자의 눈길을 끌던 때였다.)

시시콜콜 늘어놓자면 여기에 '망한다'는 금기가 죽 더 열거될 것이고, 〈뿌리깊은 나무〉는 이 금기를 죄다 깨뜨렸으니, 창간되자마자 사망 선고를 받은 거나 마찬가지인 잡지였다.

게다가 첫 호가 나가기도 전에 〈뿌리깊은 나무〉에서 원고 청탁을 받고 글을 쓴 필자들 사이에 흉흉한 소문이 나돌기 시작했다. 편집장이랍시고 앉혀놓은 윤 모는 서른을 갓 넘겼을 뿐이고, 20대의 새파란 젊은것들이 감히 대가들의 글에 벌겋게 환칠을 해서 제멋대로 고쳐놓은 꼴을 직접 보았는데(우리는 200자 원고지에 만년필로 쓴 필자의 글을 빨간 펜으로 직직 긋고 여백에 잔뜩 고쳐놓고는 확인해달라고 하는 '염치없는 짓'을 저질렀다.) 이런 무례한 자들이 어디 있느냐는 개탄이었다.

그런데 문제는 독자들의 반응이었다. 창간호가 나가자마자 필자들이 독자들로부터 전화를 받게 되는데, 한결같이 '선생님께서 이번에 창간된 〈뿌리깊은 나무〉에 쓰신 글을 읽고 크게 감명을 받았습니다. 전에는 어렵게 쓰셔서 읽기 힘들었는데, 쉽고 일목요연하게 쓰셔서 술술 읽히더군요. 앞으로도 좋은 글 많이 써주십시오!' 같은 귀가 간지럽지만 가슴은 잔뜩 부풀게 하는 아부성 칭찬이 이어지니, 필자들의 판단에 혼란이 생기기 시작한 것이다.

어쨌거나 필자들의 반응이 심상치 않으니, 따로 '특단의 조처'를 취해야 했다. 이 일에 한창기 선생이 발 벗고 나섰다. 그때 브리태니커에는 값이 무척 비싼 전동 타자기가 있었다. 문제는 이 타자기로 다달이 번개처럼 타자를 쳐서 환칠한 필자의 글을 깨끗한 종이에 감쪽같이 옮겨 필자에게 보일 틈을 낼 수 있을까 하는 것인데, 널리 방을 걸고 찾은 결과 조분행 씨라는 대단한 분이 나타났다. 빨간 펜으로 시험지 점수 매기듯이 틀린 글을 직직 긋고 잔뜩 덧칠한 자기 원고를 돌려받고 기분 상하지 않을 필자가 어디 있으랴. 그러나 그 원고지에서 고친 글을 전동 타자기로 깨끗하게 쳐서 필자에게 보이면 반응이 달라지리라는 게 한 선생의 짐작이었는데, 과연 그 짐작은 120퍼센트 정확한 예측이어서 그 뒤로 자기 글 고쳤다고 군소리하는 필자는 가뭄에 콩 나기로 줄어들었다.

뜻밖에 부작용은 다른 곳에서 나타났다. 〈뿌리깊은 나무〉에 실린 어떤 필자 글이 쉽고 내용도 알차서 원고 청탁을 했는데, 괴발개발 써 보내서 도저히 싣지 못하겠더라는 푸념들이 여기저기 신문과 잡지 기자들 사이에서 터져 나오기 시작한 것이다.

박정희 군사 독재 정권이 이어지는 동안 〈뿌리깊은 나무〉는 순수한 문화 잡지임을 자처하고 '우리 문화' 라는 테두리 안에 머물러 있으려고 무진 애를 썼지만, 독재자들의 희번덕이는 칼날 같은 감시의 눈길에 걸려 여러 차례 위기에 부딪쳤다. 그러나 그때 한창기 선생 뒤에는 브리태니커 백과사전 본사와 특별한 관계가 있었던 것으로 아는 험프리 미국 부통령이 버티고 있었고, 또 브리태니커 자체가 세계를 주름잡는 막강한 언론기관이어서 한 선생과 〈뿌리깊은 나무〉는 그럭저럭 무사했다. 남산 중앙정보부에 두 차례나 불려가 책상과 걸상까지 붙박이로 박혀 있는 '하얀 방' 의 용도가 무엇인지를 한껏 점잖게 예의를 갖추고 설명하는 정보부 요원들의 브리핑을 받고 겁도 먹었으련만(나도 그때 따라가서 잔뜩 얼었던 기억이 있다.) 폐간될 때까지 꿋꿋하게 처음 목소리를 그대로 지켰다.

그 결과는 뒤이은 전두환 군사 독재 정권에 의한 〈뿌리깊은 나무〉 강제 폐간이었다. 그들은 구체적 설명 없이 '발행 목적 위반'이 그 잡지의 목숨을 앗는 이유라고 들이댔다.

나는 〈뿌리깊은 나무〉에 근무하는 동안 한창기 선생의 속을 꽤나 썩여드렸다. 혈기 방장한 나이에 한창기 선생이 좀 더 거세게 독재 정권에 맞서지 못하는 것이 불만스러워 한 선생 몰래 사고를 쳤다가 들통이 나서 어떤 때는 제본소에서 이미 책으로 묶인 기사를 칼질해야 했다. 그 아픔을 한 선생은 말없이 나와 나누어 가지지 않았을까 싶다.

어쨌거나 내가 초대 편집장으로 있었던 시절에 〈뿌리깊은 나무〉는 전혀 뿌리내릴 기미를 보이지 않고 적자에 적자가 누적되어 정말 망하지 않을까 걱정이 태산이었다. 내가 스스로 기획력이 바닥났다고 자신에게 사망선고를 내리고 그만둔 뒤로 김형윤(지금 김형윤편집회사 대표) 씨가 편집장 소임을 맡았다. 그리고 〈뿌리깊은 나무〉는 깊이깊이 뿌리를 내려서 1980년 폐간당할 때에는 그때에 가장 많이 팔리던 여성지인 〈주부생활〉보다 두 곱이 훨씬 넘는 발행부수를 자랑하게 되었다. 그때 〈주부생활〉의 발행부수가 3만 5,000권쯤이었는데, 〈뿌리깊은 나무〉는 8만 부를 웃돌았다.

조그마한 내 꿈 하나

여덟 살 때 한국전쟁을 맞아 나이 서른에 이르기까지 스무 해 남짓 나는 무척 어렵게 살아왔다 해도 과언이 아니다. 요즈음은 가끔 내가 넉넉한 집에서 큰 어려움 없이 자랐다면 지금쯤 어떤 사람이 되어 있을까 생각해보는 때가 가끔 있다. 아무리 요모조모로 따져보아도 얻은 것보다 잃은 것이 더 많았을 성싶다.

가난하게 자란 아이들은 남의 도움이 없으면 이 세상에서 살아갈 수 없다는 사실을 일찍부터 깨우친다. 나이 대여섯에 껌팔이로 길거리에 나서는 아이들도 가게에서 100원이면 사는 껌을 200원에 사주는 사람이 있기 때문에 하루 한 끼 수제비로나마 연명할 수 있음을 배운다. 있는 집에서 자란 아이들은 어떨까? 차이는 있겠지만, 남의 도움이 있어야 살 수 있다는 걸 체험을 통해서 절박하게 느껴볼 기회가 없기 때문에 머리가 여물도록 '나 잘나서 나 잘산다.' 는 생각을 쉽사리 버릴 것 같지 않다.

가난이 주는 가장 큰 선물은 바로 '받아서 느끼는 고마움' 이 '주어서 갚고자 하는' 마음가짐으로 자라난다는 것이다. 어렵게 자라온 많은 뜻있는 청소년들이 흔히 '나중에 커서 성공하면 나처럼 어려운 처지에 있는 사람들을 돕겠다.' 는 이야기를 하는데, 나중에야 어떻게 될망정 이 말에 스며 있는 진심은 퍽 소중한 것이라고 믿는다.

가난을 기리자는 뜻은 아니다. 그동안 있는 사람들 덕에 없이나마 살아남았으니 모름지기 가난한 사람은 모두 잘사는 사람 앞에 머리를 조아리자는 뜻은 더더구나 아니다. 실제로 꼼꼼히 따져본다면, 부자가 베푸는 생색이 듬뿍 실린 시혜보다 가난한 사람들이 자기도 몰래 베푸는 생색 안 나는 이웃 사랑이 더 크다. 부자들의 식탁에 오르는 산해진미는 다 어디에서 온 것인가? 가난한 어부가 한겨울에 풍랑을 무릅쓰거나 깊은 물속으로 자맥질하지 않으면 생길 수 없는 것도 있고, 오뉴월 땡볕에 벽돌처럼 살이 익는 걸 참아가며 허리가 부러지도록 가꾸어내지 않으면 생길 수 없는 것도 있다. 몸에 걸친 고급 옷, 타고 다니는 고급차, 에스컬레이터가 놓이고 수영장이 곁들인 고급 별장도 마찬가지다. 그러나 부자들은 그런 사실을 모른다. 다 저 잘나서 저 잘사는 줄로만 안다. 이 알량한 사회의식은 가난의 교훈을 아예 처음부터 모르거나 나이가 들면서 잊어버렸기 때문에 생기는 것이다.

사회가 총체적으로 연관되어 있다는 것, 어느 누구도 다른 사람의 도움이 없이는 살 수 없다는 것, 대부분의 사람은 평생을 사는 동안 준 것보다 받은 것이 늘 더 많다는 것 …… 이 소박하면서도 근본적인 깨우침이 바로 가난의 선물이라고 할 수 있다.

나이 서른에 가깝도록 받고만 살아온 것이야 형편이 그래서 어쩔 수 없었다손 치더라도 그 뒤로도 스무 해가 넘게 준 것보다 훨씬 더 많은 것을 받아 챙겨온 내 삶이 떳떳하지 못하고 부끄럽다는 생각을 많이 한다.

다 알다시피 이승만 정권 뒤로 박정희, 전두환, 노태우 정권에 이르기까지 남쪽의 역대 정권은 농어촌을 착취하고 이용만 할 줄 알았지, 농어촌의 발전을 위해서 한 번도 진지한 노력을 기울여본 적이 없다. 특히 노태우 정권에 이르러 농어촌은 어린애 울음소리를 들을 수 없는 죽은 마을로 바뀌고 말았다. 이대로 둔다면 앞으로 10년이 지나지 않아 대부분의 마을 공동체는 파괴될 것이고, 우리 농업도 곧 농업 자본가가 거대 지주로부터 땅을 빌려 농사짓는 차지농(이른바 기업농)으로 바뀌게 될 것이다.(어업이라고 해서 다를 것 없다.) 경지 정리를 할 수 있는 땅은 넓고 평평한 들판으로 바뀌어 농업 노동자를 고용한 자본가의 이익을 가장 많이 낳는 작물을 집중적으로 기르는 곳으로 탈바꿈하고, 농가라고는 10리 가야 한두 채를 볼 수 있을까 말까 할 정도로 줄어들 것이다. 그렇게 되면 수천 년을 두고 우리 전통과 문화와 가치관과 세계관의 젖줄 노릇을 해온 마을 공동체는 곧 흔적 없이 사라지게 될 것이다.

사람들이 자연과 격리되어 메마른 도시 공간에서 태어나고 자란다는 것은, 아무리 도시가 온갖 삶의 편의를 제공한다 하더라도, 작게는 그 사람들의 미래에, 크게는 나라와 인류의 장래에 치명적이다. 공해나 범죄 같은 현상적인 병폐만 두고 이 문제를 보아서는 안 된다. 인간이 자연을 떠나서 살 수 없다는 공허한 이야기를 되풀이하는 것으로는 이 문제의 본질에 접근할 수 없다. 역사적으로 모든 도시 문화는 멸망했다. 이 사실을 두고 어떤 사람은 외적의 침입 때문에 그랬다 하기도 하고, 또 어떤 사람은 전염병이나 공해 때문에 그랬다 하기도 하고, 또 어떤 사람은 그럴싸한 다른 이유를 대기도 한다. 그러나 내 생각으로는 도시의 삶 자체에 자기 파괴의 원리가 들어 있기 때문에 도시의 몰락은 불가피하다.

도시는 자급자족의 공동체가 아니다. 다시 말하면 도시에서는 참된 의미에서 자율적인 삶이 이루어질 수 없다. 그 이유는 아주 명백하다. 우선 도시는 자신의 힘으로 우리의 의식주 문제를 해결할 수 없다. 이런 말을 하면 어떤 사람은 현대 도시는 다르지 않느냐, 비록 아직까지 먹이 문제는 자체적으로 해결할 수 없다 하더라도 옷과 집 문제는 자체적으로 충분히 해결할 수 있지 않느냐 하고 반문할지도 모른다. 그러나 그렇지 않다. 도시에서 사는 사람들은 기본적인 생활 문제를 해결하기 위해서 어떤 방법으로든지 주변의 마을 공동체에 빨판을 대지 않을 수 없다. 도시가 커지면 커질수록 도시 밖으로 뻗는 문어발은 더 길고 억세야만 한다.

ㄱ이라는 생산 공동체에서 영양을 공급받는 것으로 충분하던 조그마한 도시의 경우에도 자연적인 재해(가뭄이나 큰물 따위)나 인위적인 조건의 변화로 생산 공동체 ㄱ의 생산력이 교란되면 곧 ㄴ이라는 생산 공동체에 발을 뻗어야 살 수 있다. 다시 말해서 도시는 자체 성격 때문에 필연적으로 착취적인 삶의 원리를 내면화하지 않을 수 없다는 것이다. 도시가 커지면 커질수록 이러한 욕구는 더 강렬해질 수밖에 없다. 따라서 고대로부터 오늘에 이르기까지 모든 도시 문화는 착취와 억압을 일삼는 제국주의적 지향성을 버릴 수 없었다. 근대에 들어 급속한 산업혁명의 결과 모든 생산력이 도시로 집중되어 거대 도시화한 나라들이 한결같이 식민지 쟁탈을 일삼는 제국주의 국가로 변모했다는 것은 기본적으로 이 측면에서 고찰해야 한다.

조금 더 이야기하자. 지금 지구상에는 수많은 도시 문명의 폐허가 이른바 고고학의 보고로 널려 있다. 바빌로니아, 아시리아, 이집트, 그리스, 로마, 마야, 잉카……. 왜 이 화려했던 도시국가들이 하나같이 몰락의 길을 걸었을까? 어느 시대나 도시 사람들은 때로는 군사력으로, 때로는 야바위놀음으로, 때로는 막강한 행정 조직과 그 밖의 물리적, 이념적인 힘으로 주변 생산 공동체의 생산력이 고갈될 때까지 억압하고 착취할 수 있었다. 양식도, 식량도, 그 밖에 도시 사람들의 삶에 필요한 어떤 것도 가차없이 빼앗아서 제 것으로 삼을 수 있었다.

그런데도 도시 사람들이 끝까지 빼앗아갈 수 없었던 것이 있었으니, 그것은 생산 공동체에서 태어나 자란 사람들이 지닌 근원적인 삶의 원리인 자율성과 창조성이었다. 쉽게 이야기하면 도시에서 태어나 자란 사람들은 자기가 살기 위해서 생산 공동체를 마지막까지 쥐어짤 수는 있지만, 그 마지막 한 방울 피가 수혈되지 않는 순간 그 자리에서 죽을 수밖에 없다.

우리가 살 길은 거대 도시화한 자본주의적 삶의 원리(따지고 보면 죽음의 원리다.)에 맞서서, 더 구체적으로는 앞으로 몇 해 안 가서 자본가의 손아귀에 들어갈 어업과 농업과 임업에 맞서서 어촌과 산촌과 농촌에 하루바삐 협동적인 생산 공동체를 다시 일으켜 세우고, 그 공동체를 튼튼히 지켜나갈 새로운 공동체적 인간을 길러내는 것이다.

나는 우리나라에 자원이 부족하기 때문에 우리가 살 길은 세계 시장에 값싼 노동력을 파는 것뿐이라는 말을 믿지 않는다. 안 믿을 뿐만 아니라 그렇게 이야기하는 자들은 야바위꾼이거나 머리가 어떻게 된 사람들이라고 믿는다. 왜 우리에게 자원이 없는가? 우리나라는 3면

이 바다로 둘러싸여 있고 골짜기마다 맑은 물이 흘러내리고 있다. 또 우리나라는 국토의 3분의 2 이상이 산이다. 여기에서 제대로 나무를 키워낸다면 이 세계에서 우리만큼 큰 산림 자원을 가진 나라도 없을 것이다. 그리고 세계적으로 우리나라만큼 다양한 식물이 자라고 있는 곳이 드문 것으로 보아 나는 이 땅이 하기에 따라 세계에서 가장 풍요한 식량 자원, 약초 자원, 과일 자원의 보고가 될 수 있다고 본다.

우리가 할 일은 이 자원들을 길러내고 이용하며 모든 사람이 자유롭고 평등하고 평화롭고 협동적으로 살 수 있는 터전을 가꿀 자율적이고 창조적인 미래의 세대를 길러내 그들로 하여금 새로운 생산 공동체의 주인이 되도록 하는 것이다.

나는 앞으로 이런 일을 하고 싶다. 지금 나는 산과 바다가 가까이 있는 농촌 공동체에 들어갈 계획을 세우고 있다. 실험학교 건물은 처음에는 문을 닫는 시골 분교 건물로도 충분할 것이다. 더 급한 것은 이 건물에서 누구에게 무엇을 어떻게 가르칠 것인가 하는 것인데, 우선 서너 해에 걸쳐 무엇을 어떻게 가르칠 것인가 하는 문제를 내가 아는 교육 동지들과 머리를 맞대고 하나하나 풀어나가려고 한다. 처음에는 계절 학교 형태로 시작할 것이고, 학생들은 초등학생, 중·고등학생을 뒤섞어서 한데 받아들이되, 가난한 집 아이, 장애아, 잘사는 집 아이를 골고루 섞을 것이다. 그리고 이 아이들의 죽어버린 감각, 죽어버린 신체적 능력을 되살리는 일부터 시작하여 일과 놀이, 지성과 감성을 통일시키는, 그래서 어떤 구체적인 문제가 생기면 다 같이 힘을 모아서 하나하나 해결해나가는 과정에서 실험과 관찰, 추론과 표현, 감각과 운동, 사회와 역사인식 등 모든 감성적이고 인지적, 도덕적인 능력을 총체적으로 발휘할 길을 열어주려고 한다.

물론 이 일은 혼자 힘으로 할 수 없다. 그리고 혼자 하려는 것도 아니다. 그러나 첫걸음은 내디뎠다. 무엇을 어떻게 가르칠 것인가에 대한 토론의 실마리가 하나둘 마련되고 있고, 서너 해 뒤면 실험학교와 공동체가 자리 잡을 터도 마련될 것이다. 그리고 일이 그쯤 추진되면 빠르면 지금부터 네 해, 늦어도 다섯 해 뒤에 대학을 그만두고 실험학교로 가서 학생들을 맞을 준비를 하게 될 것이다. 나에게 어울리는 직책은 아마 '소사'일 것이다. 이 뜻이 우여곡절 끝에 조금씩 실현되면 스무 해나 서른 해쯤 뒤에 실험학교는 우리 손으로 하나하나 쌓아올린 새로운 건물로 바뀌고, 학교 주변 마을은 임업 시험장, 어업 시험장, 실습 농장, 가공 공장, 극장, 전시실, 자연사 박물관, 음악회장, 시장 따위를 갖춘 하나의 마을 공동체로 바뀔 것이다.

모든 꿈이 그렇듯이 이 꿈도 한여름 밤의 꿈으로 끝나지 않고 구체적인 현실 속에서 뿌리내리려면 이 작업 자체가 죽음의 원리에 목숨을 걸고 맞서는 치열한 투쟁을 동반할 것이고, 그 과정에서 이 사회를 변혁하고 세상을 뒤집는 힘을 끌어내야 할 것이다.

소박한 농부의 꿈

《실험학교 이야기》라는 책을 낸 뒤로 집으로 학교로 사무실로 꽤 많은 전화가 걸려온다. 정말 대학교수직을 그만두고 시골에 가서 농사를 지을 생각이냐, 대학에서 학생들을 가르치는 일이 농사일보다 더 가치 있는 일이 아니겠느냐 등등. 그럴 때마다 '농사일에도 큰 보람을 느낀다.' 고 대답하지만 긴가민가하는 분들이 적지 않은 것 같다.

올해는 고추농사를 지었다. 본디 고추는 토종작물이 아니어서 제초제나 농약을 쓰지 않으면 제대로 기를 수 없다는 말을 많이 들었지만 고집을 세워 제초제, 농약, 화학비료를 일체 쓰지 않고 길렀다. 고추농사를 지으면서 배운 게 참 많다. 고추 열매가 한창 달릴 무렵 고춧잎에 진딧물이 끼기 시작했다. 동네 어른들은 빨리 약을 치라고 권했다. 그럴 생각이 없어서 두고 보는 중에 고추밭에서 무당벌레를 발견했다. 알다시피 무당벌레는 진디의 천적이다. 그런데 어럽쇼! 개미들이 진디들을 무당벌레로부터 지켜주고 있는 게 아닌가. 누가 이기는지 두고 볼 일이었다. 한눈을 파는 사이에 고추밭 고랑에서 바랭이들이 제 세상을 만난 듯이 자라기 시작했다. 바랭이의 억센 뿌리가 개미집을 감쌌다. 개미들이 이사를 가기 시작했다. 얼마 뒤에 보니 진딧물이 말끔히 없어졌다. 바랭이들의 도움을 받아 무당벌레가 개미를 이겨내고 진딧물을 없애준 것이다.

제초제를 뿌리고 약을 친 이웃 고추밭들이 진디의 피해를 겪고 있는 모습을 보면서 여러 느낌이 마음속에 오갔다. 이 세상에 혼자 살 수 있는 생명체는 하나도 없다. 살아 있는 것들은 모두 크고 작은 생명의 연관 속에서 서로 생명의 기운을 주고받으면서 제 몸을 추스른다. 이 생명 연관에 대한 깊은 통찰력이 생기면 남에게 해를 끼치지 않고 서로 잘 살 수 있는 길도 찾을 수 있을 것 같다. 이를테면 지금 온 세계가 '너 죽고 나 살기'로 무한 경쟁 체제로 접어들고 있는데, 이렇게 해서는 아무도 제대로 살 길이 없다.

우리나라는 산 좋고 물이 맑아 세계적인 약초 생산지로 발돋움할 큰 잠재력을 지닌 나라다. 돌보지 않아 버림받고 있는 산자락마다 약초가 되는 풀과 나무들을 가꾸어 생약제로도 쓰고 가공도 하여 우리 스스로 건강도 지키고 이웃나라에도 내다 팔아 그 사람들의 건강도 지켜줄 수 있다면 얼마나 좋을까? 그렇게 하여 공해를 유발하는 공업 제품들을 남보다 앞질러 만들어냄으로써 우리 건강도 해치고 다른 나라 사람들의 건강도 위협하는 쪽으로 무역 경쟁의 방향이 잡혀 있는 현재의 정책을 바꿀 수 있다면 우리도 떳떳하고 이웃의 미움도 받지 않을 수 있을 텐데.

새해부터 좋은 농부가 되리라고 결심하면서 지난 한 해 동안 나는 부지런히 헌 독을 모았다. 살기 어려워서, 자식 교육 때문에, 혼자 남아 있기 싫어서 너도나도 이삿짐을 꾸려 떠나고 난 빈집을 지키고 있는 것은 장독대에 버려진 빈 항아리들뿐이다. 이 독들도 머지않아 허물어질 인기척 없는 집들과 함께 곧 깨어져 없어질 것이다. '남이 버리고 가는 이 빈 독들을 알뜰하게 잘 간직해두어야지. 그리고 틈틈이 이 빈 독들에 간장도 채우고, 고추장, 된장도 채우고 젓갈도 채우고 약초술도 채워야지……. 이렇게 빈 항아리 하나하나 채워가다 보면 언젠가 나도 이웃도 넉넉하게 살 길이 열리겠지.'

이렇게 마음을 다지면서 모으기 시작했는데 그동안 변산에 들어간 우리 식구들이 하나둘 모은 독이 벌써 500개쯤 된다. 언젠가 이렇게 버리는 물건들뿐만 아니라 도시에서 버림받은 사람들도 한 사람, 두 사람 모을 생각이다. 도시에서는 이런저런 이유로 버림받을 수밖에 없는 사람들도 시골에 오면 대접받는 소중한 일꾼들이 참 많다. 허투루 하는 말이 아니다. 실제로 내가 터를 잡고 있는 변산에 도시에서 버림받은 젊은이 한 명이 함께 살면서부터 얼굴에 생기가 도는 모습을 옆에서 지켜보았다.

제초제로 농약으로 화학비료로 지렁이 한 마리 살 수 없는 땅으로 죽어가는 논밭에서 인체에 해로운 독이 잔뜩 배어 있는 농작물을 먹고 마시면서 병들어 죽어가는 사람이 한둘이 아닌 세상에서 땅과 농작물들을 살려내어 나도 마음 놓고 먹고 이웃에게도 부끄럼 없이 나누어줄 수 있는 꿈을 키우는 농부의 삶이 그렇게 값없는 것일까?

내가 《실험학교 이야기》를 쓰면서 현실화하고자 한 뜻은 이런 소박한 농부의 꿈에 바탕을 둔 것이었다.

사랑과 전쟁

세상에 나 같은 사람을 남편으로 맞아 불행하지 않을 여자 따로 없을 성싶다. 오죽하면 일흔 넘긴 아버지가 어느 날 나를 불러 앉혀놓고 지나가는 말처럼 "너 지아비 될 생각 말고 혼자 살거라." 하고 말렸을까? "왜요?" 하고 묻는 말에 "글쎄, 혼자 사는 게 편하지. 집을 이루면 하고 싶은 일이 있어도 하기 힘드니까." 하고 얼버무렸지만, 틀림없이 용렬한 아들의 사람됨이 한 가정 제대로 건사하지 못할 것을 미리 내다보고 유언 삼아 남긴 말씀이 아니었을까 싶다. 그러니까 겉으로야 아들을 위해서 하노라 한 말씀이지만, 막상 따지고 보면 당신 돌아가시고 난 뒤에 들어와 별난 남편의 성미에 오장이 다 썩어날 며느리의 앞길을 훤히 내다보고 안타까워서 이르신 말씀이렷다!

열두 살에 어머니 잃고 늙은 홀아비를 어미 삼아 자랐으니, 여자의 마음을 알 턱이 없다. 더군다나 어머니를 뺀 나머지 식구가 태어나자마자 모두 문 앞에 친 금줄에 고추를 달았던 터임에야. 그래서 내 딴에는 아내를 맞을 때에 나름대로 조심하느라고 했다. 서양 영화의 미인대회에 나오는 여자들의 얼굴과 몸매를 보고 심미안을 길렀으니, 욕심을 부리자면 윗몸 짤막, 아랫몸 늘씬, 가슴 볼록, 허리 잘록한 팔

등신 몸에 쌍꺼풀진 커다란 눈, 오똑한 코, 불타는 입술, 나지막한 광대뼈의 이른바 서구식 미인이 천정배필 내 마누라다. 그러나 아버지 말씀도 있고 하여 아내를 고를 때에 다른 건 다 버려두고 외모는 이만 봤다. 넓적한 얼굴, 절벽 같은 가슴, 한없이 길고 밋밋한 허리, 짤막한 다리, 펑퍼짐한 엉덩이……. 그러니 이 점에서는 서양 문화 제국주의 미관의 거센 압력을 우선 이겨냈다고 자부해도 좋다.

"한 집안에 못생긴 사람 하나도 과한데, 뒤에 태어날 자식들 혼처 생각도 해야지, 어쩌자고 저렇게 짝을 맞추었누!"

이것이 혼삿날 받아놓고 신랑감 얼굴을 먼발치에서 본 큰 처형의 걱정이었음을 훗날에야 알았다.

"형수가 그렇게 좋습디까?"

반놀림 삼아 묻는 짓궂은 후배들이 무엇을 생각하고 있는지 모를 바 아니다. 그래서 부랴부랴 소크라테스의 변명 아닌 변명을 마련했으니, 얼추 "여자 얼굴 뜯어먹고 사는 것 아니다. 마흔 넘으면 누가 실없이 남의 여편네 얼굴 뜯어보고 이러니저러니 입방아 찧겠느냐? 그 나이 되어 제 얼굴 제 책임져 천해 보이지 않으면 그만이다. 그리고 너희가 못생긴 마누라 가진 지아비의 행복을 아직 알 길이 없을 터이니, 밖에 나서면 모두가 예쁜 얼굴이어서 온통 거리가 환해지나니 이 기쁨 어찌 헤아리겠으며……." 어쩌고저쩌고였다.

키가 훌쩍하니 싱겁기는 하겠으되 다랍지는 않겠으며, 위는 가늘고 아래는 우람하니 어지간한 풍파에도 흔들리지 않을 터이며, 작은 입에 종달새 닮아 말은 많지만 듣자 하니 죄다 들으나마나 무해 무익한 신변잡사뿐이고, 흰소리를 하거나 앞에 없는 사람 흉을 잡는 일이 없으니 좀 시끄럽기는 하되 집안과 이웃 사이의 화목을 깨뜨리지는 않겠고……. 이리 따지고 저리 손꼽아가며 고른 터이니, 감정에 휩쓸리지 않고 이성에 따름이라. 우리 집안에 부부싸움 같은 상스러운 일은 없을 터였다. 게다가 백년가약을 맺되 시끄러운 예식장은 돈 없음을 빌미로 피하고 셋집 마당에 가게에서 잠시 빌려온 빵 상자들 몇 겹으로 쌓아올리고 그 위에 벽장문 두 짝 뜯어 올려놓은 다음에 흰 종이 곱게 덮어 잔칫상 마련하고, 아는 사람 몇 불러 식 올리고, 패물로는 아내 손에 기왕 있던 순금 반지 빼어다가 18금으로 만들어 글자 몇 개 새겨 다시 끼워줌으로써 백수건달에 대한 모든 환상 없앴으니 살기 팍팍함을 건더기 삼아 싸울 일도 없었것다!

아니나 다를까, 혼사 나흘 뒤에 "둘이 함께 나서면 풍랑에 배 뒤집혀 몰사할까 두렵다."는 실없는 말 남기고 혼자 대표로 흑산도, 홍도로 신혼여행을 갔다 와도 말이 없고, 뒤이어 반년 남짓 내쳐 12시 언저리에 곤드레만드레가 되어 갈지자걸음을 늘 포개 쌓으며 들어와 인사불성이 되어 '큰 대' 자로 뻗어버려도 이튿날 아침 서방을 대하는 안색에 변함이 없다. 대체로 도시 봉급쟁이 집안에서 일어나는 부부싸움의 첫째 원인이 남편이 집에 기어드는 시간이 늦음에 있거늘, 언제 들어올지 모르는 서방을 기다려, 이제나저제나 월부책 장사가 초인종을 띵똥 울려도 신발 거꾸로 신고 뛰쳐나가 "여보, 당신이야?" 하고 반색을 하다 무색해 하기 그동안에 무릇 기하이며, 화장품 장수가 대문 두드리는 소리에도 가슴이 두 근 반 세 근 반 되어 볼에 핏기가 돌기가 몇 번이던고.

이래저래 기다리는 서방은 찌개를 몇 번이고 데우다가 나중에는 물이 밭아져 홋물 붓고 다시 끓이고, 다시 끓이는 찌개 소리에 가슴도 덩달아 끓어오르기 여남은 차례 겹치면, 아무리 부처님 가운데 토막 같은 아낙이라도 점차로 신경에 칼날이 서는 법이니, 야삼경에 휘영청한 달빛 받으며 초인종 기세 좋게 누르면 그것이 남포 튀는 단추 누르는 신호라. "언넌 끼고 앉아 노닥거리다 이제 오는 거야, 아예 밖에 나가 살지 뭐 하러 들어왔어."로 시작해서 그동안 그리움에 타던 마음이 모두 독화살이 되어 남정네 가슴을 벌집으로 만들어놓는지라, "누군들 마시고 싶어 마시는 줄 아느냐, 그래도 마누라만은 이해해줄 줄 알고 밤새워 마실 술 중동무이고 공처가, 기처가 소리 등 뒤로 받으며 내 딴에는 초저녁에 들어온 셈인데, 마치 난봉난 서방 다루듯이 새암을 세우니, 빌어먹을 회사를 그만두든지 어쩌든지 해야지." 구시렁구시렁 어쩌고저쩌고 하여 한판 어우러지기 십상일 때에도 마침내는 참아주니, 과연 요조숙녀요 현모양처로고. 어느 옛 선비 추하기 짝이 없어 스스로 별명을 '퍼런 바우'라 지은 여편네 얻어 집안이 불길같이 일어났다더니, 앞으로 내 팔자도 그에 진배없겠구나.

그러던 어느 날, 때 아니게 일찍 들어온 일이 있었것다. 그도 그럴 수밖에 없었다. 본디 책 탐이 많은 내가 그날은 언제 읽을지도 모르는 헌책들을 잔뜩 산 터라 그것을 들고 여기저기 싸대는 것이 꽤나 불편하여 모처럼 집에 일찍 기어든 것이었다. 때 아닌 남편의 출현에 아내는 기겁을 한 모양으로 어쩔 줄 몰라 하더니 이내 두 눈에 눈물이 그렁그렁해진다.

"어어, 왜 울어, 집에 무슨 일 있었어?"

내가 당황해서 물었더니, 고개를 도래도래 젓는다.

"아니, 감격해서 그래요."

원 싱거운 사람. 그런데 바로 그날이 첫 부부싸움 날이 될 줄을 어찌 알았으리오.

오랫동안 이야기 한 번 제대로 나눌 틈이 없어 목에 녹이 슬 판이니, 때는 이때다 하고 종달새가 하늘 높이 깃을 치기 시작한다.

"저 산부인과 병원에 갔는데요."

"응."

"경과가 좋지 않대요."

"응."

"형편이 어렵지만 한 주일에 한 번은 병원에 가봐야 할까 봐요."

"응."

"그만두어야 할까 봐요."

"응."

"무슨 그런 대답이 다 있어요? 병원에 가요, 말아요?"

"응."

자세한 기억은 없지만 아마 대체 이런 식으로 이야기가 되어갔던가 보다.

"윤구병 씨!"

어? 이건 이제까지 들어보지 못하던 음성인데. 그제야 책갈피를 이리 뒤지고 저리 뒤지던 동작을 멈추고 아내의 얼굴을 쳐다본다. 심상치 않다.

"응응, 알았어, 알았다구."

"뭘 알아요?"

"저어…… 그러니까, 저어……."

아내가 그동안 무슨 이야기를 했는지 알 턱이 없다. 신문만 붙들고 있어도 두 귀가 막혀버리는 판인데, 모처럼 눈에 띈 책들을 붙들고 있음에랴.

"이따위 책들이 저보다 더 귀중하단 말이죠?"

아내는 그러면서 헌책들을 방구석으로 확 밀쳐버린다.

"아니, 왜 이래? 잘못이 있으면 나한테 따질 일이지, 죄 없는 책에 분풀이할 건 또 뭐야?"

워낙 눈초리가 불량한 데다가 고리눈을 하며 삿대질을 하니, 억장이 무너지는 모양이었다. 내친김에 한술 더 떴다.

"좋아, 내가 모처럼 이렇게 일찍 들어온 게 당신에게는 불편한 모양이니, 다시 나가지."

원 세상에, 이런 사람을 남편이라고 믿고 살았으니, 아내는 아무 말 없이 물끄러미 쳐다보더니, "제가 나가겠어요."라고 조용히 말하더니 주섬주섬 보따리를 꾸린다.

'설마!'

믿는 구석이 있다. 그래서 다시 허튼소리.

"나가면 다시 들어올 생각 말어!"

"알았어요."

아내는 보따리를 꾸리더니 주춤주춤 발을 끌며 불룩한 배를 앞으로 밀면서 문을 나선다.

'이쯤 해서 붙들어 들일까? 아니야, 처음부터 단단히 잡아놓아야 해. 버릇이 들면 큰일이지. 지가 가면 어딜 가? 화 풀리면 돌아오겠지.'

이렇게 저렇게 머리를 굴리고 있는 판에 집을 나선 아내는 종적이 없다. 뒤늦게 쫓아나가 온 동네, 갈 만한 곳은 다 가본다. 걱정스럽고, 부끄럽고, 남우세스럽다. 차라리 잘못했다고 빌고 붙들어둘걸. 온갖 방정맞은 생각이 다 든다. 한강수에 '풍덩' 하지나 않았을까? 지금쯤 교통사고로 어느 병원 영안실에 안치되어 있는 것이나 아닐까? 밤 12시가 되어도 들어오지 않는다. 지옥이 따로 없다. 12시 반쯤에야 문 두드리는 소리가 나고 풀죽은 아내의 조그맣게 움츠러든 모습이 다시 눈에 들어온다. 어깨를 꼭 껴안고 소리 죽여 말한다는 게,

"처음이니까 용서하는 거야. 다시는 싸우고 나갈 생각 말어. 다음에는 내가 나갈 테니까."

처음에는 이렇게 시작했던 것이 살아가다 보니까 이래저래 늘어나는 싸움의 꼬투리가 하나둘이 아니다. 어차피 부부관계라는 것도 따지고 보면 사회관계라, 사회가 어지러우면 풍랑 만난 고깃배같이 흔들리게 마련이니, 가정은 나의 성이요, 피난처요, 보금자리란 말도 그저 빈말일 뿐이렷다. 온갖 사회의 모순이 마침내는 부부 사이의 모순관계로 둔갑하여 입씨름에서 시작하여 머리카락을 움켜쥐고 주먹을 휘두르게 하니 천태만상의 부부싸움을 살펴보면 한 사회가 안고 있는 온갖 싸움의 원인과 경과와 귀결을 한눈에 알 수 있다. 부부싸움의 중심 동기가 경제에 관련된 것임이 어찌 우연일까? 당장에 먹고살기 팍팍하여 푸념 끝에 싸움이 일어날 뿐만 아니라, 가난한 부모 탓에 못 먹고 못 배우다 보니 세상 살아내기 강파르고, 그러다 보니 어찌 마음이 송곳 끝처럼 모질어지지 않겠느냐…… 이래 한바탕. 그런가 하면 온 나라가 장사판으로 돌았는지라 사람 몸도 돈으로 팔고 사게 되었

으니, 돈 많은 놈이 장땡이어서 좀 살림이 넉넉하다 싶으면 술 먹고 계집 후리는 것이 낙이라, 밖은 밖대로 안은 안대로 곪아터지니 어찌 부잣집이라고 해서 부부싸움이 없겠느냐 …… 저래 한바탕 우당탕 퉁탕. 그 와중에 우리 집이라고 어찌 온전할 수 있을까.

그 가운데 기억에 남는 것이 '냉장고 전쟁' 인데, 그때의 싸움은 어찌 보면 한 집안에서 축소 재생산된 이념투쟁이라고 할 만한 것이었다. 반년마다 한 번씩 이삿짐을 꾸려 서울의 이 끝에서 저 끝까지 셋집에서 셋집으로 옮겨 다녀야 하는 판인데, 어느 날 아내가 불쑥 냉장고를 월부로 들여놓자고 하지를 않겠느냐! 마침 친구 덕에 싼값으로 살 기회가 생겼다는 것이다.

그때가 어느 때인고 하니, 거리거리에 '남아도는 석유 아낌없이 쓰자.' 라는 구호를 쓴 넓 나간 현수막이 만발하고 있는 동안에 어느 제과회사에서는 나이 어린 여성 근로자들이 하루 열두 시간 쉬지 않고 죽자 살자 일해서 껌 1만 6,800개를 포장한 대가로 고작 일당 840원을 받아들고 "열두 시간 계속해서 과자를 싸고 나면 손가락에 피가 맺힙니다. 열두 시간 의자에 앉아 일을 하는 근로자는 거의 변비증, 신경통으로 고생을 합니다. 계속해서 저울질, 인두질을 하고 나면 어깨를 쳐들 수 없습니다. 열두 시간 내내 아이스크림을 만드는 데서 일하면 온몸이 동상 투성이가 되고, 처녀인 저희는 냉병까지 앓게 됩니다. …… 아마 소와 말 같은 짐승을 우리처럼 하루 열두 시간씩 잠도 안 재우며 밤일까지 시킨다면 얼마 못 가서 다 죽게 될 것입니다."라고 하소연을 하던 1970년대 후반이었겠다.

냉장고를 사자는 아내의 말에 나는 "냉장고, 좋지!" 하고 그냥 웃어

넘기려고 했다. 그러나 아내는 집요했다. 냉장고가 생활필수품이며 경제적인 기계라는 것이다.

"생각해봐라. 당신도 나도 모두 장학금을 받아가며 고학으로 어렵사리 공부해서 대학 이상 가는 공부까지 마쳤다. 마치고 나서도 당신 우기는 대로 셋집 마당에서 가까운 친지가 지켜보는 가운데 혼사랍시고 맨몸으로 살림을 차렸다. 전셋돈 60만 원 빚진 것 갚느라고 두 사람이 몇 해 동안을 옷 한 벌 변변히 사 입지 못하고 먹고 싶은 것 먹지 못하면서 알뜰살뜰 저축을 해왔다. 이제 비록 집 한 칸 마련할 형편까지는 아니라도 월부로 냉장고 하나 들여놓을 여력은 생겼다. 김칫독 하나 묻어놓을 곳 없는 아파트 살림에 하루가 멀다 하고 음식이 상하는데, 그렇게 해서 낭비되는 돈을 아껴 냉장고를 들여놓자는 것이 뭐가 그리 못마땅하냐?"

아내의 주장이 대충 이런 것인데, 언뜻 들으면 구체적인 현실에 바탕을 둔 합리적이고 실용적인 제안임에 틀림없다. 그러나 이론투쟁에서는 내가 한 수 더 위다.

"내가 언제 냉장고를 사지 말자고 했느냐? 당신 생각이 백 번 옳다. 나도 남 못지않게 물욕이 많은 사람이다. 당장에라도 고래 등 같은 집에 냉장고 들여놓고 자가용 굴리며 떵떵거리며 살고 싶다. 그러나 생각해봐라. 이웃들이 헐벗고 굶주리는 판에 나만 떵떵거리고 산다면, 사흘 굶어 남의 담 안 뛰어넘는 사람 없더라고, 어느 누가 언제 담을 뛰어넘어 와 어떤 해코지를 하고 집에 있는 걸 몽땅 들어낼지 불안해서 하룬들 마음 놓고 살 수 있겠느냐? 그러니 내 이야기는 적어도 우리나라 사람 절반만이라도 냉장고를 들여놓고 살 때까지 기다리자는 것이다. 남보다 더 많이 배웠다고 해서 반드시 남보다 더 많은 급료를 받고 더 잘 살아야 한다는 법은 없을 것이다. 실제로 우리나라같이 한정된 자원을 가진 사회에서 어떤 사람이 대학 교육을 받고 그 이상의 교육을 받으려면 상대적으로 그 자원을 마련하느라고 여러 사람이 희생을 해야 한다. 이를테면 당신도 나도 장학금으로 공부했는데, 그 돈은 다만 부모가 가난하다는 죄 아닌 죄로 말미암아 나나 당신보다 훨씬 재주가 뛰어나고 의식도 제대로 박힌 한 어린이가 자라서 피땀 흘려 농사를 짓거나 공장에서 한 달에 2만 원도 안 되는 급료를 받으며 혹사당한 대가로 마련된 것이라고 할 수 있다. 그렇다면 배운 사람은 이처럼 자기를 가르치느라고 그늘에서 시들어간 고마운 이웃에게 죄스러움과 고마움을 느껴야 하고, 그 사람들에게 진 빚을 갚으려고 애써야 하지 않겠느냐? 이 빚을 다 청산하려면 모든 이웃이 다 제 집을 지니고 냉장고를 들여놓은 다음에야 제 몫을 챙길 일이로되, 나는 성자나 의식이 투철한 지식인이 못 되고, 그저 평범한 봉급쟁이에 지나지 않으니까 두 집에 한 집이 갖추고 사는 것은 나도 갖출 용의가 있다. 그렇지만 내가 알기로는 지금 우리나라에서 냉장고를 지니고 사는 사람은 전체 인구의 열에 하나도 안 된다."

어쩌고저쩌고.

"흥, 말인즉 비단 같은데, 이 넋 나간 양반아, 당신이 고수하고 있는 빈곤한 시대의 윤리는 이미 허위의식으로나마 모두가 풍요를 맞고 있는 지금 이 순간의 자본주의적 한국 경제 상황에는 전혀 맞지 않으며, 어차피 끝까지 밀고 나가봐야 소외 아니면 위선으로 끝장을 보게 될 감상에 지나지 않는다. 새로운 현실은 새로운 가치관을 요구하며, 그

것을 받아들이지 않는 사람을 도태시키거나 매장해버리고 만다. 그런 생각이라면 애초에 혼자 살 것이지, 어쩌자고 그 알량한 생각으로 연약한 아녀자와 철없는 어린것들에게까지 엄청난 희생을 강요하려고 하느냐?"

구구절절 옳으신 말씀이 장대하다.

'바로 이것이겠구나. 어르신네 말씀 그른 것 없다더니. 내 어이 아버지 말씀 거역하고 상투를 틀었던고.'

이리 한참 자탄하다가 '안 되겠다. 달아나자, 달아나서 다시 힘을 축적하자.' 이렇게 마음 모질게 다져먹고 드디어 출가를 결심했것다.

"한 5년 깊은 산속에 들어가 공부하고 오겠소. 나 없는 동안 애들 잘 거두기 바라며, 가산을 모두 정리하여 본가에 돌아가서 그동안 살 궁리를 하기 바라오. 당신을 진정으로 사랑하기 때문에 결정한 일이니 행여 오해 없기 바라며, 어렵더라도 내 발로 다시 나타나기까지 찾을 생각은 하지 마오."

어느 절간 부엌방 구석에서 대강 이런 사연의 글을 이쪽 주소 없이 띄우는데, 그때 큰놈은 아직 제 앞가림 못 하는 세 살짜리 여식이요, 작은 놈은 아직 뱃속에 들어 있던 터이라. "모질고나, 누가 있어 이 무책임한 가장을 비난 섞이지 않은 눈으로 바라볼까? 그러나 부처가 히말라야로 향할 때에 어찌 뒷일 기약이 없었겠으며, 만해가 한겨울에 해산하는 아내 버리고 길을 떠났을 때 앞뒤 생각이 없었겠느냐? 부지런히 마음 공부하여 다음에 아내 앞에 나타날 때는 흔들림 없도록 하자."고 마음 다져 먹고 마당 쓸기, 뒷간 치우기, 나물 다듬기, 국 끓이기 …… 하는 행자 생활에 정신이 없는데, 어느 날 문득 아내가 자식 데리고 산문에 올라오질 않았느냐. 어찌 알고 왔느냐고 물었더니, 64만 리 부처님 손바닥은 벗어날지 몰라도 자기 손은 벗어나지 못한다 하는지라, 할 일 없이 어린 딸 손잡고 산문을 내려올 제 "아하, 애닯도다. 내 업장이 이렇듯이 두터우니 이생에서 성불하기는 하늘에 별 따기라. 도를 깨쳐도 속세를 깨치고, 싸워 죽더라도 속세 싸움을 하자." 자탄이 절로 난다. 나중에 알고 보니 편지봉투 우표에 찍힌 우체국 소인을 보고 찾아왔다 하더라. 그리하여 속세에서 시작된 부부싸움이 산문을 더럽히다 다시 속세로 마당을 옮겼던 것이다.

"그래, 산문에 들어선 동기가 불순했으니 어찌 오래 머물 수 있었것느냐. 다시 시작하자. 하고자 한 일이 현실 도피가 아닐진대, 어찌 진자리 마른자리 가리겠느냐. 이론투쟁에서 이기더라도 현실투쟁에서 지면 아무 소용이 없는 것이니, 현실을 바로 보고 현실에 굳게 발을 디디자. 부부싸움에서 이기는 길이 도통하는 일이 아닐진대 어찌 현실 싸움에서 지고 부부싸움에서 이길 수 있겠느냐. 우선 속세 싸움의 첫 단계로써 실업을 하자."

이렇게 하여 부부싸움과 현실 싸움은 내 의식 속에 하나가 되었고, 그동안의 패배를 만회하리라는 비장한 결심 아래 파업을 단행했것다.

그동안 아내의 실용주의 노선은 승리에 승리를 거듭하여 냉장고뿐만이 아니라 50 대 1인지 70 대 1인지 하는 치열한 경쟁을 물리치고 주택공사에서 시범으로 지은 200만 원짜리 17평 아파트까지 한 칸 이룬 판이었다. 그야말로 눈부신 경제발전이었다. 잘하면 1980년대에는 정부에서 말하는 대로 자가용까지 굴릴 팔자가 될지도 모르는 일이었다.

"대망의 1980년대, 어떻게 해서든지 이 경제성장의 신화를 깨뜨려야 한다. 성장지표가 곧 복지지표와 동일할 수 없음은 다만 나라꼴이 되어감에서뿐만 아니라 하루아침에 벼락부자가 된 이웃 집안에 부부싸움의 횟수가 더 잦아지는 것에서도 뚜렷이 드러나고 있지 않느냐?"

그리하여 어느 날 "나 회사 그만두겠소." 하고 폭탄선언을 했더니 아내는 시큰둥하게 "이젠 또 뭘 하게요?" 시답잖다는 듯이 대답했다. 그동안 남편의 변덕에 오장이 다 물러버린 아낙네의 말투였다.

"공부를 해야지."

"무슨 공부?"

아무려면 부부싸움에서 이기는 비결을 공부하겠다고야 할 수 있느냐는 생각이 들어 "가족 중흥의 역사적 사명을 띠고 수신제가하려고 하오." 했다.

아내는 피식 웃었다. 설마 했겠지. 그러나 내 파업은 3년을 끌었다. 이 3년 동안 그사이 부실하기 짝이 없었던 남편은 날마다 밤 12시까지 술만 퍼먹고 다닌 것도, 집에 들어오면 짜증만 부린 것도, 아내와 자식들에게 소홀히 대한 것도 모두 그 탓이 본인 자신에게 있지 않고 우리가 몸담고 있는 사회 구조에 있음을 낱낱이 증명해줄 수 있었다.

부부싸움이 어찌 당사자들만의 탓일까? 일류대학 나와 일류회사에 들어간 이른바 일류 남정네들은 꼭두새벽부터 자정에 가깝도록 회사일에 목을 매야 하니, 가정을 버려야 가정을 지킬 수 있다는 거꾸로 된 논리의 희생물이 된지라, 어찌 가정에 평화가 있겠으며, 보통이나 그에 못 미치는 교육을 받은 보통 아래의 남정네들은 여기서 걸리고 저기서 막혀 웅치고 뛸 재간이 없음에 식솔은커녕 제 몸 앞가림 하나

하기 어려우니, 온 가족이 다 나서서 이리 뛰고 저리 뛰는 판이라 어느 겨를에 가정을 지킬 수 있을까? 이래도 싸움 꼬투리요, 저래도 싸움 꼬투리라. 마치 싸움의 실마리가 대추나무에 연 걸리듯 온 사회에 쫙 깔려 있으니, 아서라, 근본부터 다시 시작하자. 그러자면 굶더라도 한 걸음 물러서서 제 정신 먼저 차려야겠다 하고 단단히 마음을 다져 먹은지라, 경제적으로는 말이 아니었지만 꿈같은 밀월이었다. 아내도 나도 살이 부등부등 쪘다. 그야말로 날마다 잔칫날이었다. 온 동네 꼬마들이 아침부터 우리 집에서 진을 치고 동네 부인들과 벗들로 밤늦도록 집 안에 웃음이 그치지 않았으니, 여길 두고 어디 가서 천국을 찾을 수 있었을까?

그러나 이 가정의 평화는 그 경제적인 밑받침이 없으매, 허망하기 짝이 없는 것이니 어찌 오래 유지되기를 바라겠느냐?

"조만간 숨어 있던 싸움의 불씨에서 다시 치열한 불길이 일 터이거늘, 이 일을 어찌하랴. 세상 형편이 하루아침에 바뀌지는 않을 터이니 그동안 집단속이라도 단단히 하여 이다음 싸움을 미연에 방지하자."

이리하여 이 잠정적인 휴전 기간 동안에도 나는 본격적으로 부부싸움을 확대하고 심화시키려는 이면공작을 그만두지 않았다. 그것은 일상적인 생활투쟁만으로는 도저히 승산이 없으니 이 기회에 부부싸움의 수준을 아예 이념적인 차원으로 끌어올려 거기에서 아내의 현실 안주, 가족 수호, 가정 중심, 사회문제 오불관언의 생활태도를 깨부술 참이었다. 정작 아내 쪽에서 눈뜨기 시작하면 우리 집안의 가부장, 남권 우월주의나 마누라의 가사노동은 '나는 몰라' 하는 태도, 가족 부양 무책임의 내 생활 태도가 작살이 날 위험을 무릅쓰고 여성 해방에 관계되는 책들을 하나씩 둘씩 아내에게 사다주기 시작했다. 《성의 정치학》, 《여성 해방의 논리》, 《제2의 성》 같은 것이 그런 책이었는데, 맙소사, 아내는 남편의 엉큼한 속셈을 간파한 듯이 "나 이런 책 읽지 않아도 돼요." 하고 댓바람에 퇴짜를 놓지 않는가?

"이봐, 우리나라 여자들이 얼마나 비참한 처지에 있는지 알아? 밥하랴, 빨래하랴, 온갖 집안일 다 뒤치다꺼리하고도 한 번 남편 눈에 벗어나면 끈 떨어진 짚신짝 신세란 말이야. 위자료랍시고 받아봤자 몇 푼이나 되며, 막상 혼자 살아가려니, 일자리가 있어 뭐가 있어? 아무리 밑바닥에서 굴러다니며 이놈에게 뺨맞고 저놈에게 차이면서 하소연할 길이 없는 처지에 놓이더라도, 그래도 남자는 집에 돌아와 분풀이 삼아 늘씬하게 패줄 마누라쟁이가 있잖아. 그러니 여자는 이중의 노예란 말이야. 유한마담이라는 게 뭐야? 제 힘으로 살 길이 막힌 사회에서 남자가 노리개 삼아 데리고 살면서 던져주는 돈으로 이것저것 휘감고 여기저기 쏘대봐야 몸 파는 여자와 다를 게 뭐 있어? 한 남자에게만 판다는 것뿐이지. 이나마 나라꼴이 이만큼이라도 갖추어진 게 모두 이 땅 여자들이 부지런한 덕인데, 하루에 열두 시간, 열여섯 시간 일해봐야 무슨 소용 있어? 먹을 것 못 먹고 잘 때 못 자고 이놈에게 끄들리고 저놈에게 시달리며 죽어라 일만 하고, 제 권리 찾겠다고 나서면 뼈도 못 추리고 개죽음을 하게 되지. 이 책에 그런 내용들이 다 들어 있어. 그러니까 당신도 만날 나에게 당하다가 뒷전만 보지 말고 눈을 떠."

"내가 눈을 뜨면 당신에게 손해일 텐데요."

"물론 그렇겠지. 그렇지만 당신이 내 노예로 있는 동안은 나도 사람일 수가 없어. 사람을 사람으로 보지 않고 노예로 부리는 놈이 어찌 사람일 수가 있겠어. 그러니까 나도 사람이 되고 싶단 말이야. 당신이 해방되면 당신만 떳떳한 사람으로 행세할 수 있게 되는 게 아니라 나도 사람으로 만들게 되는데, 이렇게 대등하게 된 뒤에야 비로소 우리가 싸우더라도 진짜 부부싸움을 할 수 있는 게 아니겠소?"

"그럼 당신이 나를 해방시켜주구랴."

"그건 안 돼."

"왜 안 돼요?"

"그런 걸 온정주의라고 하는데, 해방은 남이 시켜준다고 되는 게 아니야. 스스로 싸워서 얻는 거라구. 우리나라 꼴을 봐. 우리가 스스로 총 들고 일어나서 일본놈들을 몰아냈으면 남북이 이렇게 갈리는 일도 없었을 것이고, 그랬더라면 오늘날 미국놈, 소련놈, 일본놈들이 이처럼 우리 일에 감 놓아라, 배 놓아라 하고 사사건건 내정간섭을 하는 일도 없었을 거야. 오히려 대등한 관계에서 좋은 벗이 되었겠지. 이봐, 내 당신 남편이니까 당신 위해서 이런 말이라도 하는 건데, 어느 시러베아들놈이 노예를 아무 조건 없이 해방시켜주려고 하겠어?"

"이그, 그 알량한 온정 다 그만둬요. 그만큼 집안에서 혹사시켰으면 됐지, 이제 한술 더 떠서 날 밖으로까지 내보내 돈벌이시키고 계속해서 무위도식하고 싶은 게구먼."

아뿔싸, 내 마지막 온정주의 발언 한마디가 또 그예 일을 망치고 말았고녀.

그리하여 우리 부부싸움은 초기 경제투쟁 단계에서 이념투쟁 단계로 진입하지 못한 채로 답보 상태를 거듭하고 있거니와 이제 와 곰곰이 생각해보니 10년이 넘도록 이렇게 부부싸움에 진전이 없었음은 기본적으로 아내에 대한 내 사랑과 믿음이 부족했음이라. 무릇 문자를 쓰면, 부부싸움은 적대적 모순관계가 아닐지니 모름지기 굳건한 사랑과 믿음에 바탕을 두고 싸워야 하고, 싸우면 싸울수록 사랑과 믿음은 더욱더 깊고 넓어져야 하거늘. 쯧쯧!

사랑하며 사는 길

새장 속에 오래 갇혀 살던 새는 어느 날 새장 문이 열려 있는 걸 보아도 한동안 밖으로 날아갈 엄두를 내지 못한다고 한다. 우리나라 여자들을 보면 열린 새장 문을 바라보면서도 새장 안에서 떠날 줄 모르는 갇힌 새를 연상하게 된다.

아니다. 내가 잘못 이야기했다. 우리나라 여자를 가두어둔 새장 문이 아직 활짝 열리지 않았다는 증거는 얼마든지 찾을 수 있으니까. 국민의 대표로 알려진 국회의원 가운데 지역구 의원으로 뽑힌 여자 국회의원이 현재 한 사람이라도 있는가. 행정부, 사법부, 그 밖에 통치 질서의 핵심을 이루고 있는 곳은 또 어떤가. 우리나라에서 그나마 푸대접을 '덜' 받는 여자들이 있다면 아마 여교사 정도일 것이다.

원시 공동체 사회였던 모계 사회가 무너지고, 아버지가 어머니를 따돌리고 지배권을 행사하는 부계 사회가 들어서면서부터 여자는 '암탉' 신세가 되어 대문에서 가장 멀리 떨어진 곳에 갇혀 지내게 된다. '암탉 울어 날 샌 일 없다.'는 암탉, 한 걸음 더 나아가 '암탉이 울면 집안이 망한다.'는 그 암탉이 되어서 말이다.

'계집과 그릇은 밖으로 내돌리면 상한다.' 하여 여자로 하여금 세상과 연결되는 유일한 통로인 대문 문턱을 넘어서지 못하게 했을 뿐만 아니라, 그것도 미덥지 않아 어려서부터 발을 천으로 칭칭 동여매 제대로 걷지도 못하게 하기도 했다.

왜냐고? 누가 그랬느냐고?

알다시피 모계 사회에서는 혈통이 어머니를 통하여 딸에게 이어져 왔고 상속도 마찬가지였다. 다부다처제 사회였던 이 시절에 자식의 아버지가 누구인지는 불확실했지만 자식의 어머니가 누구인지는 확실했고, 따라서 자식과 연관된 모든 권리는 어머니에게 집중되었다. 그러나 사유재산제도가 발생하고 이 세상에 '있는' 사람과 '없는' 사람이 생겨나면서 수십만 년을 이어오던 모계 사회는 이른바 '역사적인 패배'를 통하여 부계 사회로 바뀌게 되는 것이다.

여기에서 '있다'는 말과 '없다'는 말이 어떻게 해서 소유와 더불어 사회적 지위까지 나타내는 말로 바뀌었는지 한번 살펴보기로 하자.

'있는 집'의 '있는 사람'은 '부잣집'에 사는 '부자'를 가리키고, '없는 집'의 '없는 사람'은 '가난한 집'의 '빈털터리'를 뜻한다는 것을 모르는 사람은 없을 것이다. 원시 공동체 사회에서는 '있는 사람' '없는 사람'이 따로 없었건만, 계급사회가 나타나면서부터 가진 자는 존재를 인정받아 '있는 사람'이 되고, 못 가진 자는 그 존재조차 인정받지 못하는 '없는 사람'이 된 것이다.

그러나 생산수단의 사적 소유가 인정되는 세상에서 부자가 되어 떵떵거리고 사는 집안에서도 여자의 지위는 참으로 보잘것없었다. 부잣집일수록 사랑채와 안채의 거리는 그만큼 더 멀어지고, 그에 따라 여자들의 대문 밖 출입은 그만큼 더 통제되었다. 그 까닭은 단순하다.

부자들이 한평생 긁어모은 재산을 제 자식에게 상속해주려면 자기 아들을 낳을 마누라가 다른 남자의 손을 타서는 안 되었던 게다.

이렇게 자기 마누라를 규중 깊숙이 세상에게서 격리시켜놓고 자신은 늘 기생첩을 옆에 끼고 놀았다. 그러니까 있는 집안 남자들은 형식적으로는 여자를 아내 한 사람만 '거느렸지만' 실제로는 여러 명의 여자를 거느리고 살면서 일부일처제를 성실히 지키지 않았던 것이다.

일부일처제를 충실히 지키고 여자에게 세상을 구경할 권한을 부여한 남자들은 오히려 없는 집안 남자들이었다. 바람을 피울 경제적 여유도 없고, 또 마누라를 숨겨놓을 안채가 따로 있지도 않았기 때문이기는 하다.

크게 새로울 것도 없는 가족의 기원에 대해서 이렇게 말이 많은 것은 우리 여자들에게 집 밖으로 나와 세상 구경을 많이 하도록 권하는 뜻에서다. 지금 도시에 사는 여자들, 그 가운데서도 지식 있고 교양 있는 여자들은 언뜻 시골에 살던 자기네 어머니나 할머니들이 세상 물정을 잘 몰랐다고 생각하기 쉽다. 그러나 사실은 그렇지 않다. 비록 예전에 시골에 살던 부녀자들에게는 조그마한 마을이 이 세상 전부였고, 거기에서 벗어나본 적이 없었지만, 누구네 집 부엌에 숟가락이 몇 개고 어떻게 생겼는지까지 훤히 알고 있었다. 그리고 없이 사는 집안 여자들일수록 이런 물정에 밝았다.

이에 비해 요즘 아파트에 사는 중산층 부녀자들은 세상에 대해 무엇을 얼마나 알고 있을까? 한 층에 두 집만 마주 보도록 지어져 있어 애초부터 이웃과는 담을 쌓고 살게 되어 있는 고약한 아파트에 사는 사람들은 그렇다고 치더라도 복도로 길게 잇대어 있어서 하루에도 몇 번씩 얼굴을 마주치고 사는 아파트에서조차 이웃에 누가 살고 있는지를 알고 있는 여자들이 얼마나 될까?

그게 어찌 여자들에게만 할 이야기냐? 그래도 여자들은 늘 집에 있고, 또 반상회 같은 기회를 통해서라도 대충 누구네 아빠가 무엇을 하는지 정도는 아는데, 남자들은 더 한심하다 하고 대거리를 할 분이 있을지도 모른다. 그러나 남자들은 날마다 밖으로 나다니고, 이렇게 여기저기 다니면서 많은 사람을 만나기 때문에 집 안에만 갇혀 있는 여자들보다 세상 물정을 더 잘 안다.

남자들이 이제까지 여자들에게 지속적으로 지배권을 행사해올 수 있었던 것은 다만 주먹 힘이 세기 때문만은 아니었다. 사랑채를 대문 곁에 지어놓고 잦은 바깥출입을 통해서 정보를 독점할 수 있었다는 것이 부권 사회 존속의 더 큰 비밀인지도 모른다.

하기야 남자들이라고 해서 세상 물정을 죄다 꿰뚫고 있는 것은 아니다. 이를테면 몇십 평짜리 호화 아파트에 살면서 고급차를 타고 고층 빌딩이 즐비한 널찍한 도로를 통해서 냉난방이 잘 되어 있는 현대식 사무실에 출퇴근하고, 회사 일이 끝나면 일급 룸살롱에서 '영계'를 데리고 희롱하는 남자들의 눈에는 우리나라가 세상에서 가장 잘 사는 나라로 보여, 쌍둥이 적자에 허덕이는 불쌍한 미국을 도와 주한 미군의 주둔비를 몽땅 떠맡아도 괜찮고, 우리보다 국민 소득이 훨씬 높고 자원도 풍부한, 그렇지만 고르게 살다 보니 가난해 보이는 소련에 거금의 경제 원조를 선뜻 해주어도 상관없게 보일 것이다.

이와 달리 하늘 가까운 달동네의 변소도 없는 무허가 날림집 단칸방마저 헐려 한겨울에 들판에 비닐하우스를 세우고 불안에 떨면서 쫓겨날 날만 기다리고 있는 가난한 사람들에게는 길거리에 목판을 펴놓고 노점상도 할 수 없는 '이 염병할 놈의 세상'이 저주스럽게 보일 것이다.

그러나 어찌 되었든 이 세상이 남자들만 활개치고 잘 살게 되어 있는 세상이라는 것만은 분명하다. 수탉이 울어서 집안도 나라도 잘 살게만 되었다면야 남자들이 활개를 치든 땅재주를 넘든 무슨 상관이겠는가? 안 그러니까 문제지.

요 몇 년 동안 그 잘난 남자들이 한 짓이 무엇인지 한번 살펴보자. 정치를 하는 남자들, 하라는 정치는 안 하고 집안싸움에 날이 지고 밤이 새, 결국 이 세상에서 가장 부패한 집단도 정치가들이고, 가장 혐오스러운 인간들도 정치하는 사람들이라는 이야기를 하는 사람이 국민 열 명 가운데 일곱 명이라는 결과를 빚지 않았는가?

범죄와 전쟁한다고 선포해놓고 요정에 가서 조직 폭력배와 권커니 잣거니 술을 주고받는 꼴 하며, 금융 실명제를 한다, 토지공개념이다 어쩌고저쩌고 요란하게 떠들어대다가 재벌들이 펄쩍 뛰니까 꼬리를 사리는 꼴 하며, 민주화와 평화 통일의 기치를 높이 세우면서 외치는 인사들을 두름으로 엮어 감옥에 처넣는 꼴 하며, 부당 해고든 아니든 한번 목이 잘린 노동자는 노동자가 아니다 하고 자본가들 앞에서 딸랑거리는 꼴 하며……. 이 모두가 그 잘나고 또 잘난 남자들 가운데서도 날고 기는 남자들이 밥 먹고 해온 짓이다.

그런데 아직 이 땅의 여자들은 새장 속에서 노래를 부르는 데 정신을 팔고 있다. 남자들이 저지르는 잘못 때문에 가장 직접적인 피해를 보면서도 새장 밖으로 나오려고 하지 않는다.

어떤 분들은 이렇게 말할 것이다.

'여자라고 사회 활동을 하고 싶지 않아서 하루 종일 집 안에 갇혀 생색도 안 나는 가사 노동에만 매달려 있는 줄 아느냐? 그렇게 말로만 인심 쓰지 말고 가정주부를 밖으로 홀려내려는 당신부터 앞장서 여자들이 사회에서 활동할 공간을 열어주는 게 어떠냐?

이에 대한 대답은 이렇다. 결국 온 인류가 이상으로 여기는 사회는 모두가 다 자유롭고 평등하고 평화롭고 우애 있게 사는 사랑의 공동체다. 이 말을 남녀관계에 국한시켜놓고 되새겨보자. 남녀 사이의 자유로운 관계란 남자라고 해서, 또 여자라고 해서 상대방을 억압하거나 상대방 위에 군림하지 않는 관계를 뜻한다. 현실적으로는 남자에게 부여하는 만큼 사회 활동의 자유를 여자에게도 주어야 한다. 또 여자가 맡은 만큼의 가사 노동을 남자도 즐겨 맡아 하고, 실제로 국민대표에서부터 행정부, 사법부의 책임 있는 자리에 오를 수 있는 권리를 남자와 똑같이 나눠 가져야 한다.

그러나 자유는 억압받는 사람이 억압에서 벗어나려는 치열한 싸움을 하지 않으면 얻을 수 없다. 평등도 그렇다. 억압하고 착취해서 이득을 얻는 쪽에 대고 억압과 착취를 없애는 싸움을 먼저 시작하라고 외치는 것은 궁극적으로 노예 상태에서 벗어나고 싶지 않다는 이야기다. 이제까지 노예 주인이 자발적으로 노예를 해방시킨 일이 인류 역사상 있었던가? 노예제 사회의 종말이 온 것은 노예 주인이 선심을 써서가 아니라, 노예들이 목숨을 걸고 투쟁했기 때문이다.

그래도 여전히 풀리지 않는 것은 '이 남자가 왜 이렇게 손해를 무릅쓰고 선심을 쓰고 야단이야? 여자들 환심 사서 선거 운동 하려는 거 아냐?' 하는 의심일 것이다. 여기에 대해서는 한마디만 하겠다. 사랑은 자유롭고 평등한 관계에서만 싹트고 자라서 꽃 피고 열매 맺을 수 있다. 남녀 간의 사랑도, 인류애도 이 점에서는 마찬가지다. 만일에 사람이 사람을 사람답게 사랑할 줄 모른다면 사람이 아니라 짐승이다. 남자와 여자의 관계가, 더 나아가 남녀 관계를 포함한 전체 인간관계가 구조적으로 억압적이고 불평등한 것으로 남아 있을 때 이것을 고치지 않고는 남자나 여자나 모두 짐승 상태에 머물게 된다는 것이다. 내가 이런 이야기를 하고 있는 것은 나도 하루빨리 짐승 상태에서 벗어나고 싶기 때문이다.

여자는 남자답게, 남자는 여자답게

여자다우신가? 얌전하고 상냥하고 고분고분하고 알뜰하고 부지런하신가? 다소곳하고 야무지게 살림을 잘하고, 남자 알기를 하늘처럼 알고, 입이 무거우신가? 어떻게 하면 훌륭한 남자를 만나 행복한 결혼 생활을 할 수 있을지, 가구는 어떤 것으로 사고, 아이를 낳으면 어떻게 기르고, 집안 살림은 어떻게 해야 할지 머릿속에 그리면 가슴이 뛰시는가? 이러한 질문에 당신이 "네." 하고 얼굴을 붉히며 수줍은 듯이 대답을 하는 여자라면 당신은 이미 신비화된 '여성다움'의 덫에 걸려 있는 것이다.

이 땅의 여자들은 태어나자마자 여자로 길러진다. 걸음마를 갓 익힌 아이들은 누구나 뜀박질하기를 좋아한다. 이제 갓 익힌 능력을 시험해보려는 것이다. 뜀박질을 처음 하는 아이들은 곧잘 넘어진다. 이때 아이들은 무르팍을 깨기도 하고 콧잔등을 깨기도 하는데, 그런 모습을 지켜보는 어른들은 그 아이가 사내냐 계집애냐에 따라서 다른 반응을 보인다.

사내일 경우에는 "사내 녀석이 그까짓 일로 울다니, 얼른 벌떡 일어서!" 하고 스스로 울음을 그치고 일어날 때까지 기다린다. 그런데 계집애일 경우에는 얼른 뛰어가서 안아 일으키면서 "계집애가 얌전하지 못하고 선머슴처럼 덤벙대니까 이렇지. 자자, 어서 울음을 그쳐야지." 하고 치마폭에 감싸기 일쑤이다.

다시 말하면 사내아이들은 어렸을 때부터 '남자답게' 행동하도록 강요받고, 계집아이들은 '여자답게' 처신하도록 길러지는 것이다.

부모만 여자아이를 여자답게 기르고 남자아이를 남자답게 기르기에 골몰하는 것은 아니다. 학교에 들어가면 남자 위주로 편성된 교과서와 교육제도가 성차별을 강화시킨다. 교과서에서 제시되는 남자의 직업은 기술자에서 행정부 최고 책임자에 이르기까지 모든 직종이 두루 망라되어 있다. 그에 견주어 여자의 직업은 간호사, 교사, 농부, 공원, 상인 정도가 고작이다.

그나마 여자가 직업을 갖는 것이 꼭 필요하다는 것을 가르치는 대목은 하나도 없다. 작업복을 입고 공장에서 일하는 아버지와 총채를 들고 집안 청소를 하거나 시장바구니를 든 어머니로 남자와 여자의 역할 분담이 상투화된다. 사회적인 생산 노동은 남자의 몫이고, 가정이라는 좁은 울타리 안에서 이루어지는 가사 노동은 모두 여자의 몫이라는 것이다.

여러분이 과거에 배웠던 교과서, 지금 아이들이 배우고 있는 교과서, 아무것이나 좋다. 국어든 도덕이든 바른생활이든 사회든 실과든 손에 잡히는 대로 들추어보라. 어디를 보든지 남자는 여자보다 더 이성적이고 우월하며 생각이 깊고 여간해서 감정에 휩쓸리지 않는 인물로 그려져 있고, 이러한 특성 때문에 나중에 큰일을 하는 사람으로 되어 있다. 가정에서도 아버지는 가족을 다스리는 지배자로서 느긋한 표정으로 신문을 펼쳐들고 있는 모습으로 그려져 있다.

이와 반대로 여자는 어떤가? 가장 훌륭한 여자라도 남자의 그늘 밑에서 남자를 통하여 자기의 미덕을 간접적으로 나타내는 이상의 역할을 할 수 없는 것으로 그려져 있다. 우리는 현모양처가 되는 것이 여자가 추구해야 할 지고한 가치라는 남자 위주의 편견이 가장 적나라하게 드러나는 장면을 신사임당이나 한석봉 어머니의 일화에서 목격하게 된다. 아버지가 신문을 펼쳐들고 있는 장면에는 반드시 행주치마를 두르고 부엌에서 음식을 장만하는 어머니의 모습이 따른다. 한마디로 말해서 남자는 사회 활동을 통하여 처자식을 먹여 살리는 '바깥양반'으로 그려지고, 여자는 가정의 울타리 안에서 가사 노동을 담당하는 '안사람'으로 그려져 있는 것이다.

따지고 보면 이런 엉터리 같은 신화는 궁극적으로 남자들에게도, 또 더 나아가서 사회 전체에도 좋지 못한 영향을 미치지만, 자본주의 사회의 기초 단위인 핵가족 제도가 이러한 신화의 바탕 위에서 형성되는 것이기 때문에 교육을 통하여 끊임없이 재생산되는 것이다.

'여자는 시집 잘 가서 좋은 남편 만나 살림 잘 하고 애 잘 키우면 된다.'는 말에 우리 사회가 갖고 있는 여자에 대한 고정관념이 고스란히 반영되어 있다. 고추가 달리지 않았기 때문에 태어나는 순간부터 축하를 받지 못한 여자애는 '섭섭이'나 '딸그만이'라는 이름을 지니고, 자라면서 인내와 희생을 미덕으로 배우고, 결국에는 남자에게 자신의 운명을 맡긴 상태에서 허드렛일을 하고 자식들 뒤치다꺼리하는 것을 유일한 삶의 목적으로 받아들이도록 사회화되는 것이다.

'바깥일', 곧 사회적인 생산 활동은 '바깥양반'이 하는 것이고 '집안일', 곧 가사 노동은 '안사람'(또는 '집사람')이 전담한다는 잘못된 역할 분담의 통념은 지금 이 순간에도 사회적인 생산 노동에 종사하는 많은 여자들을 짓누르는 현실적 압력으로 작용한다.

현재 우리나라의 여성 경제활동인구는 전체 경제활동인구의 40퍼센트쯤 된다. 비록 기형적이기는 하지만 우리나라의 경제 발전이 이루어진 배후에는 생산 노동에 적극적으로 참여한 많은 여성 노동자의 피땀이 서려 있다. 그러나 어떤 남자보다 더 긴 시간 동안, 어떤 남자도 해낼 수 없는 힘든 일을 맡아서 해온 여성 노동자가 그 대가로 받고 있는 것은 남자 임금의 절반도 안 되는 임금과 '공순이'라는 별명이 상징하는 사회적인 멸시뿐이다.

1986년 노동부의 발표에 따르면, 제조업체에서 한 달에 10만 원 미만을 받고 일하는 노동자 가운데 83.3퍼센트가 여성 노동자다. 우리나라 노동자들은 세계에서 가장 오랜 시간 동안 노동을 하는데, 그 가운데서도 여자들의 노동 시간이 더 길다. 여자의 노동 시간이 남자의 노동 시간보다 더 긴 나라는 우리나라밖에 없다.

세계적으로 여자들의 노동 시간이 더 짧을 수밖에 없는 것은 여자를 특별히 위해서가 아니라, 여자에게는 모성을 보호하여 다음 세대의 노동자를 건강하게 낳고 기를 막중한 책임이 주어졌기 때문이다. 그래서 여자는 생리 휴가와 출산 휴가가 법적으로 보장되고, 작업장에는 탁아소와 유아원의 설치가 의무화되어야 하는 것이다. 그러나 우리나라 기업가 중에 자기가 경영하는 공장에 탁아소를 마련하고 갓 아이를 낳은 여성 노동자에게 젖 먹일 시간을 따로 내주고 있는 사람이 있다는 말을 아직 들은 적이 없다.

기업가들은 자기의 경제적 이익을 극대화하기 위해서 '여자의 미덕' 을 철저히 이용한다. 많은 여자들이 가족의 생계를 위하여 노동한다는 사실을 빤히 알면서도 그 사람들은 '가계는 남자가 책임을 지고' '여자는 시집 밑천을 장만하거나 아이들 과자 값이라도 벌려고' 직장에 다닌다고 이야기한다. 여자는 가계를 책임지지 않기 때문에 남자 임금의 절반도 못 되는 임금을 받아도 되고, 또 여자에게는 생산 노동보다 가사 노동이 더 중요하기 때문에 결혼을 해서 아이를 가지면 회사에서 돈 많이 들여서 탁아소 같은 것을 마련해주는 대신에 가정으로 '돌려보내면 된다' 는 논리다.

여성 노동력을 착취하는 데에 이를 데 없이 편리한 이러한 논리는 바로 남자와 여자의 성차별에 의한 역할 분담이라는 신화, 다시 말하면 여자는 가사 노동을, 남자는 사회 노동을 맡아서 해야 한다는 그릇된 역할 분담론에 바탕을 두고 있는 것이다.

사실 따지고 보면 핵가족이라는 사회 구성 단위는 자본주의의 발달과 더불어 나타난 것인데, 핵가족 내에서 여자로 하여금 아무런 대가가 없는 가사 노동을 맡게 함으로써 자본가는 노동자의 노동력을 싼값으로 사들일 수 있게 된다. 만일에 밥하고, 빨래하고, 아이들 뒤치다꺼리하고 …… 이 모든 일이 금전으로 환산된다면 거기에 들어가는 돈은 어마어마할 것이다. 만일에 여자가 가사 노동을 떠맡기를 거부한다면, 자본가는 현재 부리고 있는 노동자나 미래의 노동자가 될 어린이들을 돌보는 데 지금 치르는 것보다 몇 곱절이나 큰 비용이 들 것이다. 그러니까 그 사람들 처지에서는 '즐거운 곳에서는 날 오라 하여도 내 쉴 곳은 작은 집 내 집뿐이리.' 하는 노래를 널리 보급해서 누구나 부르게 만들어야 할 것이다.

이렇게 '여성다움'이 여자로 하여금 사회적으로 경제적으로 불이익을 감수하도록 하는 남성 우월의 이데올로기적 산물이라면, 이런 '여성다움'은 과감하게 벗어던져야 한다. 또 만일에 '남성다움'이 남자로 하여금 심리적으로나 합법적으로 여성을 억압하고 착취하는 도구로 이용된다면 그런 '남성다움'도 하루빨리 사라져야 한다. 모든 '여성다움'과 '남성다움'은 '사람다움'의 바탕 위에서 피어나는, 똑같이 평등하고 자유스러운 꽃이어야 한다.

사람에 따라 조금씩 차이가 있지만, 본디 사람은 모두 한 몸에 '여성다움'과 '남성다움'을 동시에 지니고 태어난다. '씩씩한 사내아이'와 '얌전한 여자아이'만 바람직하다고 생각하는 것은 편견이다. '얌전한 사내아이'와 '씩씩한 여자아이'도 그에 못지않게 소중하다. 만일에 사내아이가 씩씩하기만 할 뿐 조심성이 없다면, 그리고 이 조심성이 '여자다움'의 특질이라면 우리는 그 사내아이에게 잠재해 있는 '여자다움'을 일깨워주도록 애써야 한다. 만일에 여자아이가 섬세하고 예민하기는 한데 적극적으로 자기 의견을 내세우지 못한다면, 그리고 적극적으로 자기 의견을 내세우는 것이 '남자다움'의 특질이라면 우리는 그 여자아이에게 잠재해 있는 '사내다움'을 일깨워주도록 해야 할 것이다. 그 반대도 마찬가지다.

그리하여 다음 세대의 어른들은 남자라고 해서 억압하고 착취하는 권리를 '남성다움'의 이름으로 행사하지 않고, 여자라고 해서 남성의 억압과 착취를 '여자다움'이란 이름으로 고분고분 받아들이지 않는 참된 의미의 '사람다움'을 지닌 남자와 여자가 되어야 할 것이다. 남자와 여자가 불평등한 관계를 당연한 것으로 받아들이는 사회는 사람이 사람답게 사는 사회라고 볼 수 없으니까.

박노해 시인은 이러한 일깨움을 아래와 같은 아름다운 시, 남자지만 '여성다움'이 물씬하게 풍겨 나오는 시로 표현하고 있다.

이불 홑청을 꿰매면서
속옷 빨래를 하면서
나는 부끄러움의 가슴을 친다.

똑같이 공장에서 돌아와 자정이 넘도록
설거지에 방 청소에 고추장 단지 뚜껑까지
마무리하는 아내에게
나는 그저 밥 달라 물 달라 옷 달라 시켰었다.

동료들과 노조 일을 하고부터
거만하고 전제적인 기업주의 짓거리가
대접받는 남편의 이름으로
아내에게 자행되고 있음을 아프게 직시한다.

명령하는 남자, 순종하는 여자라고
세상이 가르쳐준 대로
아내를 야금야금 갉아먹으면서
나는 성실한 모범 근로자였다.

노조를 만들면서
저들의 칭찬과 모범 표창이
고양이 꼬리에 매단 방울 소리임을,
근로자를 가족처럼 사랑하는 보살핌이
허울 좋은 솜사탕임을 똑똑히 깨달았다.

편리한 이론과 절대적 권위와 상식으로 포장된
몸서리쳐지는 이윤 추구처럼
나 역시 아내를 착취하고
가정의 독재자가 되었다.

투쟁이 깊어갈수록 실천 속에서
나는 저들의 찌꺼기를 배설해낸다.
노동자는 이윤 낳는 기계가 아닌 것처럼
아내는 나의 몸종이 아니고
평등하게 사랑하는 친구이며 부부라는 것을
우리의 모든 관계는 신뢰와 존중과
민주주의적이어야 한다는 것을
잔업을 끝내고 돌아올 아내를 기다리며
이불 홑청을 꿰매면서
아픈 각성의 바늘을 찌른다.

—〈이불을 꿰매면서〉

참된 남자

오늘날처럼 '강한 남자' 라는 우상이 널리 숭배되는 때가 언제 있었나 싶다. 정의라는 이름을 내세우며 고성능 무기로 사람들을 닥치는 대로 죽이고 멀쩡한 건물이나 기계를 함부로 때려 부수는 짓만 일삼는 폭력배들이 영웅으로 그려지는 영화는 지금도 대도시 극장 어디에서나 상영되고 있다. 이른바 〈람보〉나 〈터미네이터〉, 〈다이 하드〉 같은 영화의 주인공이 '진짜 남자' 행세를 하는 세상이다. 그러나 이런 남자는 내 생각으로는 가짜 남자의 전형이다.

우리나라에서도 '참된 남자' 의 우상이 없었던 게 아니다. 이른바 '한량' 또는 '활량' 이라고 부르던 사람들인데, '한량' 들이 서양의 총잡이나 폭력배보다 훨씬 질이 높았던 사람들임에는 틀림없다. '한량' 은 다만 활 잘 쏘고 말 잘 다루는 풍채 좋은 근육질 남자에 그치지 않고, 노래 부르고 춤추고 시를 읊조리고 풍물장단을 제법 격조 높게 칠 수 있는 예술가의 풍모도 지니고 있었으니까.

그러나 '한량' 이 서구 영화에 나오는 파괴주의자는 아니었지만 생산에 큰 도움이 안 되는 기생충의 한 부류였다는 점에서 '참된 남자' 의 진짜 모습과는 거리가 멀다. 그렇다고 오늘날 도시에서 흔히 보는,

꼭두새벽부터 늦은 밤까지 오직 가족의 생활수준을 조금이라도 더 높여보겠다는 일념으로 언제 떨려날지 모르는 불안한 직장에 목매달고 있는 사람들이 ‘참된 남자’ 의 전형에 가깝다고 볼 수도 없다.

역설로 들릴지 모르지만, 나는 ‘여성스러움’ 을 가장 많이 지니고 있는 남자가 ‘참된 남자’ 에 가깝다고 본다. 남자들의 두뇌 능력이 주로 왼쪽 뇌에 집중되어 있다는 것은 오래전부터 잘 알려진 사실이다. 그 결정적인 증거는 최근에 두뇌의 단층촬영 결과 말을 할 때 여자는 왼쪽 뇌와 오른쪽 뇌가 동시에 작동을 하지만, 남자의 경우에는 왼쪽 뇌만 작동한다는 실험이 뒷받침한다. 남자들이 지배해온 세상이 지난 5,000년 남짓한 기간 동안에 끊임없는 억압과 착취, 전쟁과 공포로 누벼져온 사실을 똑바로 보자.

시골에서 살다 보면 남자 구실과 여자 구실이 제법 또렷하게 구별됨을 느낄 수 있다. 그러나 전체로 보아 생명 공동체 안에서 다른 생명체들과 공존을 해야 살아갈 수 있는 생존 조건에서 남자들은 아무리 부지런하고 성실하고 섬세한 사람도 여자들에 견주어 ‘건달’ 일 수밖에 없음을 알아채는 데 긴 시간이 걸리지 않는다. 시골에서도 남자들은 ‘경쟁’ 이 미덕이지만 여자들은 ‘협동’ 이 미덕이다.

자기도 살고 이웃도 살리는 생산적이고 창조적인 노동 속에서 왼쪽 뇌와 오른쪽 뇌가 조화롭고 균형 있게 작동하여 우리가 살고 있는 이 ‘무한 경쟁’ 의 전쟁터에서 갈기갈기 찢어진 사람들의 관계를 사랑과 평화, 우정과 관용으로 한데 아울러 행복한 공동체로 바꿀 수 있는 힘을 기르는 데에 게을리 하지 않는 남자. 나는 그런 남자를 ‘참된 남자’ 로 본다.

아버지가 나래에게

나래야.

오늘 네 아비는 민주교육실천협의회에서 하는 '중 · 고등학생을 위한 민주 교실'에서 강연을 했다. '참교육과 학생 권리 수호를 위한 토론회'에서 아버지 고향 자랑으로 이야기를 시작했지. 내 고향은 전라남도 함평군인데, 함평군은 '함평 고구마 사건'으로 유명한 곳이라고 말이야. 네가 아주 어렸을 때 일어난 일이니까 아마 너도 그 이야기는 모르고 있을 거야. '함평 고구마 사건'을 짧게 이야기해주마.

내 고향 함평은 황토밭이 많아서 예전부터 고구마 농사를 많이 지었단다. 그런데 고구마로 주정(술 원료)을 만들면서 농협에서는 고구마 농사를 권장했고, 가을에 고구마를 얼마에 사들이겠다고 농부들에게 약속을 했지 뭐냐. 그래서 농부들은 열심히 고구마 농사를 지었단다. 고구마는 농부들 손에서 무럭무럭 자랐고, 가을이 되자 고구마 풍년이 들었지. 농부들은 농협에 고구마를 넘기고 받을 돈을 생각하면서 마음이 뿌듯했단다. 그래서 고구마를 캐서 가마니에 담아 밭둑에 쌓아놓고 농협에서 가져오라고 하기만 기다렸지.

그런데 웬걸! 농협이 이제 와서 고구마를 살 수 없다고 뻗대지 않았겠니? 고구마는 오래 보관하기가 힘든 곡식이란다. 서리만 맞으면 얼어서 금방 썩어버리지. 서리 내릴 때는 코앞에 닥쳤는데 농협에서 약속을 어기고 고구마를 사지 않겠다고 하니 이 일을 어쩌니? 어떤 사람은 그대로 버릴 수가 없어서 때마침 고구마를 사겠다는 중간 상인들에게 아주 헐값에 넘겨버렸어. 하지만 어떤 사람은 농협에서 사겠다고 약속했으니 농협에서 사 가라고 버티는 사이에 고구마가 모두 썩어 그냥 버리기도 했단다. 그런데 알고 보니 농협에서 장난을 친 거야. 농부들에게 약속한 값에 고구마를 사는 대신에 중간 상인을 사이에 두고 헐값에 고구마를 사들였지 뭐냐.

농부들이 들고일어났지. 그런데 그때는 서슬 퍼렇던 유신독재 시절이었어. '가재는 게 편'이라고 정부는 사사건건 농협 편만 들고 있었으니, 농민들이 들고일어났다고 해서 요구가 받아들여질 리가 없었지. 그 뒤로 함평군 농민들은 3년 동안 농협과 정부에 맞서 끈질기게 싸웠단다. 핍박받다 못해 병이 난 사람도 많았고, 경찰서 드나들기를 제 집 드나들듯이 하다가 가정이 깨진 사람도 있었고, 억울하게 빨갱이 누명을 쓰고 끔찍한 '사상범'으로 몰린 사람도 있었어.

결국 기나긴 투쟁 끝에 함평 농민들은 농협을 상대로 한 싸움에서 이기고 고구마 값을 보상받을 수 있었단다. 그 일을 계기로 농협이 저질러온 잘못이 낱낱이 밝혀지면서 그 당시에 전국에서 1,400명이 넘는 농협 직원들이 자리에서 쫓겨났다지, 아마.

그 이야기를 하고 네 아비가 함평에 있는 학다리중학교를 나오고 학다리고등학교를 중퇴한 불량 학생이었다는 사실도 털어놓았지. 네 아비가 중학교 3학년 때, 학년말 시험을 앞둔 한겨울, 눈이 펑펑 내리는 날에 가출을 결심했다고 말이야. 물론 대책 없는 내 방랑벽도 한몫을 했겠지만, 사실은 알렉세이 톨스토이가 쓴 성 프란키스쿠스 이야기에 깊이 감명을 받았기 때문이었어. 네 아비는 그때 프란키스쿠스처럼 살고 싶었단다. 문둥이 몸에서 흘러내리는 고름을 입으로 빨고, 헐벗고 굶주린 사람이 있으면 스스로 벌거숭이가 되더라도 옷을 벗어주고, 굶주림에 까무러칠지라도 한 숟갈밖에 남지 않은 꽁보리밥을 아낌없이 내놓고 싶었지.

그러나 너도 알다시피 내 첫 번째 가출은 실패로 끝나고 말았어. 놀라운 것은 네 아비가 보이고자 하는 헌신과 봉사의 뜻을 달갑고 따뜻하게 받아들이려는 사람이 아무도 없었다는 거야. 물론 네가 늘 험악하다고 말하는 네 아비의 범상치 않은 얼굴도 한몫했겠지. 정거장에 같이 내린 할머니의 무거운 짐 보퉁이를 대신 들어드리려고 했더니 의혹에 가득 찬 눈으로 나를 훑어보며 보따리를 꼭 끌어안고 고개를 흔들지를 않나, 어느 집에 들러서 밥을 구걸하다가 없다고 하기에 "그럼 눈이 쌓인 마당이라도 쓸어드리고 가겠습니다." 하고 말했더니, 아주머니가 싸늘한 목소리로 "어차피 밤새 눈이 쌓일 테니까 헛수고하지 말고 빨리 나가세요." 하면서 내치지를 않나. 어디서나 의혹의 눈길로 상대조차 안 해주려고 해서 답답하고 비참했지.

가출에 실패하고 상처받은 마음으로 집에 돌아와 1년 동안 거의 한마디도 입을 떼지 않았지. 거의 벙어리처럼 지냈어. 다행히 네 할아버지께서 아주 생각이 깊은 분이어서 가출한 사실에 대해서 아무 말씀이 없었기 때문에 빗나가지는 않을 수 있었어. 그렇지만 한번 불이 붙은 방랑벽이 어디로 가겠니? 그 뒤로는 교실에 책가방을 내동댕이쳐

놓고 학교 뒷산에 올라가 벌렁 누워 떠가는 흰 구름을 보거나, 10리 남짓 떨어진 강가에 나가 조개를 잡는 것으로 교장 선생님과 다른 선생님들의 미움을 사고, 방학 때는 무전여행을 떠나 학기가 시작되어도 돌아오지 않아 또 미움을 사고. 그러다 고등학교 2학년 여름방학이 끝날 때쯤 뒤늦게 학교에 돌아와 그 길로 아예 학교를 그만두었지.

이런 이야기를 하면서 내 이야기를 듣는 학생더러 대학 선생한테서 무슨 강연 같은 것 듣는다고 생각하지 말라고 했어. 소싯적에 학교생활에 정 붙이지 못하고 떠돌던 불량 학생, 문제아가 그동안 살아오면서 생각하고 느껴온 것 몇 가지를 털어놓는 것이니 부담 없이 들으라고 했지.

그러고는 자연은 우리의 가장 위대한 스승이라고, 학교 뒷산이나 강가나 그 밖에 무전여행을 하면서 보고 들었던 온갖 자연의 모습과 소리에서 배운 것이 교과서나 선생님에게 배운 것보다 훨씬 훌륭한 공부라고 그때도 생각하고 있었고, 지금도 그렇게 생각하노라고 말했지. 교실에서 참교육이 이루어지지 않는 한 네 아비의 이 생각은 오랫동안 바뀌지 않을 것 같구나.

그 다음에 무슨 이야기를 했느냐고? 학생들에게 "공부는 왜 하느냐?"고 물었지. 그러고는 솔직하게 대답하라고 했더니, 역시 짐작대로더라. 대학 가기 위해서 공부한다는 거야. 아이들을 나무랄 수도 없지. 우리의 잘못된 사회 구조를 그대로 따르고 있는 엉터리 교육제도 때문에 학생들이 그렇게 대답하는 것이 무리는 아니야. 하지만 배움의 참 목적이 대학에 가는 것이어서야 되겠니? 참, 나래 너한테 한번 물어보자. 너는 네가 학교에서 공부하는 참 목적이 어디에 있다고 생각하니? 네 아비는 우리가 공부하는 목적은 사람답게 사는 길을 찾는 데 있다고 믿어. 그래서 학생들에게 그렇게 이야기했지.

그런데 '사람답게 사는 길' 이라고 하면 너무나 막연하고 모호하게 들리지? 그러면 "어떻게 사는 길이 사람답게 사는 길이냐?"고 물을 수 있겠지. 거기에 대해서는 이렇게 대답했어. "누구나 모두 자유롭고, 평등하고, 평화롭고, 우애 있게 사는 것이 사람답게 사는 것이다." 하고 말이야. 그러면 다음에는 잇달아 "무엇이 자유고, 무엇이 평등하냐? 평화롭고 우애 있게 사는 것은 인간의 타고난 본능을 생각할 때 불가능한 것이 아니냐?" 하고 물을 수 있겠지.

먼저 자유가 무엇인지부터 살펴보기로 할까? 본디 '자유' 라는 말은, 초기 상업 자본가들이 많이 쓰면서 자리 잡은 말이야. 물건을 거래하는 사람들이 적어도 자기가 가진 물건은 자유롭게 사고팔 권리를 지니고 있어야 한다는 뜻으로 썼던 말이지. '평등' 이라는 말도 마찬가지였어. 불평등 관계에서는 공정한 거래가 이루어지지 않으니까 거래 상대자들 사이에 평등한 인격 관계가 먼저 이루어져야 한다는 것이었지.

이 사람들은 또 관용의 정신을 강조했는데, 이것도 같은 맥락에서 파악할 수 있지. 자기만의 좁은 의견이나 이념에 빠져 있는 것은 장사꾼에게는 전혀 도움이 되지 않아. 이를테면 어떤 사람이 "나는 기독교를 믿고 있는데 당신은 불교를 믿고 있으니, 당신과는 거래하고 싶지 않다."고 말한다면, 우리는 "이 사람, 장사로 성공하기 힘들겠군." 하고 판단할 수 있지 않니?

프랑스 혁명은 초기 상업 자본이 자유나 평등이나 관용이라는 말에 담았던 뜻보다 훨씬 더 많은 뜻을 담아냈지. 프랑스 혁명과 더불어 우리는 "자유란 억압에서 벗어나는 것이다.", "그것은 억압에서 해방되는 것을 가리킨다." 하고 말할 수 있게 되었지. 마찬가지로 "평등이란 착취에서 벗어나는 것이다." 하고 말할 수 있게 되었어. 이 세상에 억누르고 빼앗는 사람이 있으면 그에 따라 반드시 당하는 사람이 있게 마련이야. 빼앗아 이득을 누리는 무리나, 빼앗기고 빈손으로 살아가는 무리나 인간의 본성을 지키면서 살기 힘들어지지.

생각해봐. 어떤 사람이 다른 사람을 자기와 똑같은 사람이라고 여긴다면 어떻게 그 사람을 짓밟고 그 사람이 땀 흘려 얻은 것을 가로챌 수 있겠니? 사람을 사람으로 안 보고 개나 돼지처럼 보니까 그럴 수 있지. 짓밟히고 빼앗기는 사람도 마찬가지야. 사람이 사람으로 대접받지 못하고 오랫동안 개돼지 취급을 당하면 '정말 나는 개나 돼지 같은 존재로구나.' 하고 굴종과 예속을 당연한 것으로 알게 돼. 그러다 스스로 자기 자신이 노예라는 생각을 지니게 되지. 한편으로는 '두고 봐라, 언젠가 너희보다 더 떵떵거리고 사는 날이 오면 보란 듯이 앙갚음을 하고 말겠다.'는 그릇된 생각을 갖게 되어 또 한 번 비인간화되는 거야. 이렇게 해서 빼앗는 사람, 빼앗기는 사람 모두 차갑게 자기만 챙기는 짐승보다 못한 존재로 바뀌는 거지.

이처럼 사람답지 못한 상태에서 벗어나 잃어버렸던 인간성을 되찾고 사람답게 살려면 어떻게 해야 할까? 그러려면 앞에서 이야기했듯이 억압과 착취에서 해방되어야 하고, 전쟁의 공포에서도, 자기 이익만 챙기는 탐욕에서도 벗어나야 해. 그렇지만 이런 일에 앞장설 사람이 누구지? 모두가 사람답게 사는 길이 저절로 열리는 것은 아닐 테고.

생각해보렴! 이 세상에서 자유를 가장 열렬히 바라는 사람이 있다면 누구겠니? 그 사람은 당연히 가장 심하게 짓밟히고 있는 사람이 아니겠니? 또 평등한 삶을 가장 간절히 바라는 사람은? 그 사람은 가장 많이 빼앗겨서 가장 헐벗은 사람이 아니겠니?

한 걸음 더 나아가서 가장 평화를 사랑하고 우애 있는 삶을 간절히 바라는 사람은? 전쟁이 일어나면 든든한 배경도 돈도 없어서 맨 앞에 나가 총알받이가 될 것이 뻔한 사람은? 자기 혼자만 이익을 챙기려는 사람이 아니라, 평화를 사랑하고 다른 이와 더불어 살겠다는 사람이 공동체 삶을 가장 간절하게 바라지 않겠니? 그러면 이 땅에서 가장 많이 짓밟히고, 가장 많이 빼앗기고, 큰 전쟁의 위험에 가장 가까이 있고, 공동체 삶을 가장 간절히 바라는 사람들이 누구일까? 사회에서는? 학교에서는?

억압이 없는 세상, 착취가 없는 세상, 전쟁이 없는 세상, 저만 위하는 탐욕이 없는 세상, 이런 세상을 가장 열렬히 바라는 사람들은 우리 사회에서 노동자, 농민, 도시 빈민같이 지켜야 할 자기 것이 없는 사람들이야. 우리는 이 사람들을 '민중'이라 한단다. 그러니까 우리 사회에서 모두가 사람답게 사는 세상이 오기를 어느 누구보다 더 간절히 바라는 사람들은 오랜 세월 동안 짓밟히고 빼앗기면서 살아온 이 땅의 백성이란다. 민중의 범위를 조금만 더 넓히면 나래 너와 한 교실에서 공부하고 있는 네 동무들은 거의가 이 민중의 자식들이라고 할 수 있어. 부모와 마찬가지로 사람답게 사는 길을 누구보다 열심히 찾아야 할 사람들이지.

네 아비가 언젠가 호피 인디언 이야기를 해준 적이 있지? 사실 이

'인디언' 이라는 말도 제국주의자들이 북미와 중남미 원주민들에게 제멋대로 붙인 이름이라 쓰기 꺼림칙하지만 일단은 쓰기로 하자. 서구 제국주의 세력이 아메리카 대륙을 '발견' 하기 훨씬 오래전에 인디언들이 아메리카 대륙을 발견했다는 사실도 염두에 두어라.

학생들에게 호피 인디언 이야기를 해주기 전에 시험 기간에 감독이 없는 학교에 다니는 학생이 있으면 손들어보라고 했지. 아무도 손을 안 들더라. 조금 실망했지. "시험 감독으로 들어오는 선생님들이 그 시간에 선생으로 보여요, 간수로 보여요?" 하고 물었더니 다들 선생으로 보이지 않고 간수로 보인다고 하더라. 자기들은 모두 죄수고. 왜 그렇게 보이느냐고 물었더니, 시험 시간에 들어가면 "호주머니에 있는 것 다 내놓아라.", "시험 볼 때는 책받침 쓰지 마라.", "고개 옆으로 돌리지 마라.", "남의 시험지 보지 마라.", "남에게 시험지 보여주면 안 된다.", "수학 문제 풀 때도 문제지 뒷장에 식을 풀도록 하고 따로 종이는 꺼내지 마라." 그러면서 온통 하지 말라는 말만 하니 간수처럼 보인다고 하더라. 학생들을 잠깐만 한눈을 팔아도 못된 짓, 범죄를 저지를 집단으로 보기 때문에 그렇게 통제하고 금지하는 것 아니냐고.

우리 교육이 대학 입시 성적을 목표로 삼고 이루어져왔다는 사실을 인정하지 않을 사람은 없을 거야. 그리고 그 목표를 이루기 위해서 벌이는 살인 경쟁으로 학생들 몸의 건강은 물론이고 마음의 자세, 마땅히 지켜야 할 도리도 위기를 맞고 있다는 것을 알고 있어. 대학 입시를 목표로 하는 교실 어느 구석에도 '사람답게 사는 길' 을 찾으려는 진지한 고민이 깃들어 있지 않다는 것은 누구보다 네가 더 잘 알고 있겠지.

호피 인디언들은 시험을 볼 때 남에게 묻거나 남의 답안지를 보거나 남에게 답안지를 보여주거나 하는 일이 모두 잘못되었다는 백인 교사의 말에 반발했어. "우리는 조상들로부터 어려운 일이 있을 때는 늘 서로 의논해서 가장 좋은 길을 찾아내야 한다고 배웠고, 그 말이 옳다고 생각한다. 시험이야말로 어려운 일 가운데 대표라 하겠다. 우리가 한데 모여 최선의 답을 찾으려는 것을 커닝이라고 못하게 하는 당신의 명령은 틀렸기 때문에 따를 수 없다."고 말하면서 늘 서로 의논해서 답안지를 쓰고는 했단다. 네 아비는 이 호피 인디언의 이야기를 몇 번이고 되풀이해서 곰곰이 생각해보게 된다.

나는 그 자리에 모인 학생들을 어린애로 보지 않았고, 또 어린애로 보아서도 안 된다고 생각했어. 그 자리에 모여 있는 학생들은 거의가 고등학생들이었는데, 고등학생들이라면 얼추 열일곱에서 열아홉 살 나이가 아니겠니? 네 할아버지는 열다섯 살에 장가를 들어 그 나이에 벌써 집안 어른 노릇을 했다고 이야기한 적 있지? 춘향이가 열여섯 살 때 이 도령을 만난 것은 판소리 사설이라 치고, 내가 아는 할아버지 가운데 조남호 옹이 계시는데, 그분이 일본에 맞서 독립투사가 될 결심을 굳히고 만주로 떠나시던 때가 열다섯 살이었다고 들었다.

몸도 마음도 다 자란 청년들을 어른으로 대우해주지 않는 것은 어른들의 큰 잘못이야. 적어도 고등학교에서만이라도 학생을 어른으로 대우해줘야 해. 그러면 학생들의 잘못을 벌하는 일도, 불필요하게 내리누르는 일도 저절로 없어지게 될 거야.

미래 세대가 민주 시민으로서 누릴 권리와 책임을 배워야 할 곳도 학교고, '사람답게 사는 길'을 찾고 제대로 된 미래를 그려보고 그 그림에 따라 현실을 바꾸어나갈 힘을 길러야 할 곳도 학교라면, 하루빨리 학생을 학교와 교육의 주인으로 받아들여야 해. 그렇게 되면 교육의 주인인 학생이 또 하나의 주인인 교사와 평등하게 서로 도우면서 우리 사회가 겪고 있는 어려움과 이겨내야 할 여러 문제를 놓고 자유롭고 창의성 있는 방법으로 배우고 익힐 수 있게 되겠지. 그렇게 되도록 옆에서 거들고 돕는 것이 생각 있는 어른들이 할 일이다.

우리 세대에는 정치인 따로 있고, 경제인 따로 있고, 문화인, 예술인, 체육인 따로 있지만, 너희가 자라서 만드는 사회는 그렇지 않기를 바란다. 그러니까 너를 포함해서 지금 자라는 세대는 모두가 정치인이고, 경제인이자 문화인이면서 예술인이요, 모두의 몸과 마음이 고르게 바르게 자라도록 움직이고 즐기는 사람이 되어야 한다. 사람다운 사람은 그 모두를 아우르는 사람이니까.

나래야.

주제 강연이 끝나고 나서 학생들이 벌이는 토론을 귀담아들으면서 너희가 어른이 되어 사는 세상은 아빠가 사는 세상보다 훨씬 더 사람답게 살 수 있는 세상이 되리라는 확신을 가질 수 있었단다.

부처님, '행복수업' 마쳤습니다

초저녁부터 내리기 시작한 비가 새벽이 되어도 그칠 줄 모르고 줄기차게 내린다. 내리지 말아야 할 비다. 내리더라도 적어도 며칠 더 기다렸다가 내리면 좋을 비이다. 왜냐고? 내가 지금 몸 얹혀사는 공동체에서 어제 들보를 올렸다. 그것도 하나만 올린 게 아니다. 동시에 두 채나 되는 집에 '상량'을 했다. 흙벽돌을 찍어 지은 집들이다. 오래 기다렸다 올 봄에야 겨우 틈을 내서 쌓아올린 집이다.

공동체에 들어와 산 지 열두 해가 넘었다. 내가 맨 먼저 들어와 아직까지 버티고 있는데, 정작 나에게는 내 집이 없다. 방을 옮겨 다니면서 더부살이한 집만 헤아려도 예닐곱 채나 된다. 공동체에는 살림집이 여러 채 있다. 새로 지은 것만 해도 두 채이고 방을 들인 것을 합치면 여남은 채 된다. 그래도 나는 붙박이로 있을 곳이 아직 없다. 홀몸이다 보니 그렇다. 늘 흐르고 구르는 신세이다.

어제 막 들보를 얹은 집들은 살림집들이 아니다. 하나는 그릇 빚을 곳(도자기 성형실)이고, 또 하나는 효소를 발효시키고 메주를 띄울 발효실과 메주방을 함께 들일 곳이다. 이미 지어놓은 목공실, 대장간과 함께 아이들 교육에도 우리 공동체 살림에도 꼭 필요한 공간들이다.

그런데 이렇게 속절없이 밤새 비가 내리는 거다.

흙벽돌은 비에 약한데, 미처 지붕에 비 가림도 못한 채 '조금 오다 그치려니' 느긋한 마음으로 잠자리에 들었는데, 추녀 끝에서 떨어지는 비가 흐르는 냇물 소리처럼 들리니 근심걱정이 가슴을 옥죌 수밖에.

왜 기복불교가 생겼는지 알겠다. 극락과 지옥이 어떻게 생겨먹은 건지도 알겠다. 샨티데바(Shantideva)의 《행복수업》을 읽으면서 '그래, 맞아', '그러면 그렇지', '그렇고 말고' 맞장구를 치면서 행복해했던 게 엊그제 일인데 말짱 도루묵이다. '부처님, 제발 비 좀 그치게 해주세요. 새벽닭이 홰를 친 지도 오래고, 이제 배고픈 새들이 목청 돋우어 울고 있는 아침이 되었는데 줄곧 비가 내리니, 애써 지은 집 죄다 허물어져 내리게 생겼네요.'

날이 환해져서 방금 방문을 열고 들보를 올린 집들을 먼발치에서 보고 있는데, 아직은 내려앉지 않아서 다시 방바닥에 엎드려 이 글을 쓰고 있다. 《행복수업》을 번역한 김영로 군은 오래 사귄 내 벗이다. 일자리 없는 나에게 밥벌이할 곳을 마련해주어 먹고살 걱정을 덜어준 고마운 사람이다.

그 친구가 어느 날 느닷없이 전화를 했다. 《행복수업》을 보았느냐고 물어서 아직 못 보았노라고, 무슨 책이냐고 되물었다. 그랬더니 우리 공동체에 그 책을 여러 권 보냈는데, 아직 받아보지 못했느냐고 다시 확인했다. '원, 실없는 친구 같으니라고. 우리 공동체 식구들이 죄다 불행해 보였던 모양이지.' 속으로 궁얼거리면서, "다시 농사철이 시작되어서 이리저리 휘둘리다 보니 챙기는 걸 깜빡 잊었나 보지 뭐." 하고 심드렁하게 대꾸했다. 그랬더니 어럽쇼, 나더러 서평을 쓰라는 거다. ‘아니, 이런 태평한 친구가 있나. 행복은커녕 불행할 겨를 조차 없는 중생에게 행복하게 살 업을 닦으라니, 행복수업 받다가 불행해지기 십상이겠다.’ 싶어 ‘그럴 시간 없어!’ 하는 매몰찬 소리가 입 밖에 나오려는 찰나, ‘그래, 이 친구가 한때 내가 굶지 않게 밥 빌어먹을 곳을 마련해준 적이 있지.’ 하는 생각이 문득 떠올라 그러자고 했는데, 그 순간부터 행복 끝 불행 시작이다. 인연의 고리란 이렇게 질긴가 보다.

어라, 어느 틈에 빗발이 성글어졌나 보다. 추녀 끝 낙숫물 소리가 고즈넉해지고 산새들 울음소리가 맑아지기 시작한다. ‘부처님, 고맙습니다. 비가 그치니 참 좋네요. 제 마음 행복해지네요.’

“경멸과 욕설과 / 불쾌한 말은 / 우리의 몸에 해를 끼치지 않는데 / 어째서 마음이여, 그대는 화를 내는가?”

“수행에 방해가 된다고 주장하며 / 그들에게 화를 내서는 안 됩니다. / 그들을 통해서 우리는 인욕을 수행하는데, / 인욕보다 더 좋은 수행은 없기 때문입니다.”

좋고, 좋고! 참 마음에 드는 말이네. 그런데 왜 성철 스님은 살아생전에 그렇게 걸핏하면 화를 냈다지?

내 별명이 ‘쉰 숙주’ 이고, ‘밴댕이’ 이다. 내 ‘술 제자’ 들이 붙여준 것이다. 변덕이 죽 끓듯 하는 데다, 소가지가 좁아서 벌컥벌컥 화를 잘 내는 바람에 얻은 ‘경멸’, ‘욕설’, ‘불쾌한 말’ 이다. 화내지 말라고 해도 나는 성철 스님이 화내는 모습이 좋다. 밴댕이인 나에게 ‘봐라, 성철 스님도 화를 낸다.’ 는 위안과 거기에 따른 행복을 주니까. ‘행복수업’ 끝!

3
남의 덕에 우리가 사는 겨

어느 바보의 죽음

내가 무척 감동을 받았던 이야기가 있다. 이 이야기는 실화이다.

충청북도 어느 시골에 농부 한 분이 살았는데, 아주 성실하고 총명하였다. 이분은 1920년대에 야학에서 한글을 깨우쳤다. 해방이 되기까지 스무 해 남짓 걸핏하면 주재소에 끌려가 치도곤을 당한 행적으로 보면, 한글과 함께 민족의식도 깨우쳤던 모양이다. 어떤 때는 하도 많이 맞아서 지게에 실려 오기도 했다고 한다. 그때마다 똥물을 마시면서 몸을 추슬렀는데, 동네 사람들은 '부처님 가운데 토막 닮아서 법 없이도 살 이분이 왜 이런 고난을 당하는지' 몰랐다. 다만 어쩌다 철없는 동네 아이들이 학교에서 배운 왜놈 말을 쓰는 걸 보면 몹시 야단을 친다든지, '대동아전쟁' 말기 왜놈들이 쇠붙이란 쇠붙이는, 하다못해 부러진 숟가락 몽당이까지 빼앗아 갈 즈음에 제사에 쓰던 유기그릇들을 땅에 묻어놓고, 다른 사람들한테도 "그놈들이 유기 그릇 가져다 어디다 쓰는 줄 아세요? 독립군들 죽이는 총알 만드는 데 쓴답니다." 하고 말했던 것으로 보아 미상불 '왜놈' 들이 '불령선인' 으로 몰아 닦달했음직하다는 짐작만 할 뿐이었다.

해방이 되고 나자 이분은 갑자기 바빠졌다. 동네 사람들은 평소에도 이분이 똑똑한 줄은 알고 있었지만 그렇게 유식하고 지도력이 탁월한지는 모르고 있었다. 건국준비위원회, 농민조합, 소작쟁의 …… 매사에 뛰어난 일꾼이었다. 꼼꼼하면서도 너그러워서 인근에 이분을 믿고 따르지 않는 사람이 없었다고 한다.

그러다가 한국전쟁이 터지고 '빨갱이 세상' 이 되었다. 이분은 '빨갱이 세상' 에 적극적으로 부역했다. 그러나 천성이 모질지 못해서 '우익 반동' 을 처단하는 데는 늘 뒷전이었다. 그 탓인지는 몰라도 온 나라에서 좌익이 밀 때는 우익 인사들의 '줄초상' 이 나고, 우익이 밀 때는 좌익 인사들의 '떼죽음' 이 나는 소동이 벌어질 때도 이분이 사는 곳에서는 서로 죽고 죽이는 드잡이질이 거의 없었다. '인공' 이 끝나고 '수복' 이 되자 전국 각지에서 '빨갱이 소탕' 이 벌어졌다. 그동안 행적으로 보아 이분도 '죽은 목숨' 이었다. 그런데 죽지 않고 살아남았다. 모질게 닦달을 당하고 꽤 여러 해 징역을 살았지만, 아무튼 겉으로 보기에는 몸 성히 마을로 돌아왔다. 들리는 말로는 이분 덕에 목숨을 건진 우익 인사들이 많았는데, 그 사람들이 손을 써서 살아남았다고 한다.

머지않아 마을 사람들은 이분이 아예 바보가 되어버렸다는 사실을 발견했다. 초롱초롱하던 눈망울에 빛이 사라졌다. 사람을 똑바로 쳐다보지 못했다. 그리고 숫제 벙어리가 된 듯 말이 없었다.

"쯧쯧, 그 똑똑하던 사람이 줄창 똥물을 마셔대더니 저렇게 얼간이가 되어버렸어."

처음에는 이렇게 동정을 하던 사람들도 세월이 지나면서 모두 이분을 깔보고 천대하기 시작했다. 까닭이 있었다. 어느 집에 초상이 나면 이분이 염을 하겠다고 나섰다. 썩은 시체를 만지던 손을 씻지 않고 남이 먹다 남긴 음식 찌꺼기를 맨손으로 집어 게걸스럽게 먹었다. 동네 궂은일은 모두 도맡아, 싫은 내색 하지 않고 꾸역꾸역 하는 이분을 처음에는 고맙게 여겨 공치사하는 사람도 있었다. 그러나 사람들이란 게 참 묘해서, 고마운 일을 해주면서도 생색을 내지 않으면 고마운 줄을 모르는 법이다. 동네 사람들은 이분이 아무리 자기들을 도와주어도 '바보 저 좋아서 하는 짓' 이려니 여겨 나중에는 종놈 부리듯이 부리면서 유세까지 부렸다.

황토물이 뻘겋게 밴 고의적삼 차림에 검정 고무신, 덥수룩한 머리와 수염, 가끔 동네 꼬마들을 만나 히죽 웃을 때를 빼면 열릴 줄 모르는 입, 욕을 해도, 흉을 보아도, 손가락질을 해도 바뀌지 않는 천연덕스러운 얼굴 표정, 이 모든 것이 마을 사람들에게는 마음씨 좋은 바보의 상징이었지만, 가족에게는 지울 수 없는 인두 자국이었다. 바보 지아비와 아버지를 둔 아내와 자식들이 겪은 수모와 멸시도 엄청났다.

이분은 일흔 살 되던 해 봄에 죽었다. 죽기 얼마 전에 마치 자기가 언제 죽을 거라는 걸 아는 사람처럼, 맏아들에게는 가위로 머리와 수염을 손질해달라고 부탁하고, 아내에게는 깨끗이 빨아놓은 옷이 있느냐고 물었다. 부역죄로 감옥에 갔다가 나온 뒤로는 명절날에도 새 옷을 찾지 않던 남편이 생뚱맞게 새 옷을 찾은 것이다.

임종이 가까워서 이분이 자식들에게 남겼다는 말을 간단히 적는다.

"그동안 못난 아비 지켜보느라 마음고생 많았을 것이다. 반동의 시대에 인민에게 봉사하려는 사람은 가끔 똥물도 먹어야 하고, 가끔 멍청이도 되어야 하는 법이다."

구름 가듯, 물 흐르듯

운수행각(雲水行脚). 스님들이 밟는 삶의 길을 이렇게 부른다. 구름 떠가듯, 물 흐르듯 그렇게 산다는 것이다. 무척 마음에 드는 표현이다. 한 자리에 사흘을 머물지 않는다는 말도 있다. 역시 좋은 말이다.

어렸을 적부터 이른 새벽 천수경으로 흩어지는 마음을 다스렸던 아버지의 독경 소리에 귀가 열렸던 탓인지, 짧지 않은 인생길 밟아오면서 마음은 늘 '어디에도 머물지 말자.', '무엇이든 되지 말자.' 다짐하건만, 돌이켜보면 늘 오래오래 넓은 자리 차지하고 떵떵거렸다.

오래 한 곳에 머물다 보면 그 자리가 자기 자리인 것 같고, 그 자리에 내가 없어서는 안 된다는 착각이 생겨난다. 움직이지 않는 몸뚱이는 머문 자리에 길이 든다. 어제 누웠던 자리에 오늘 눕고, 한 달 전에 이부자리 폈던 곳에 오늘밤에도 이불을 펴면 등이 편안하고 움직이기 싫어진다. 우리 몸 가운데 비교적 움직임에 둔감한 등이 이럴진대 다른 부분이야 더 이를 나위가 없다. 집이 있어야 하고, 부엌살림이 있어야 하고, 뒷간도 있어야 한다. 몇 걸음 안 가서 손닿는 곳에 삶에 필요한 모든 것이 갖추어져야 한다. 내가 움직이지 않으니까 다른 사람들이 더 바삐 움직여야 한다. 불목하니가 있어서 먼 산에 가 땔나무를 해 와야 하고, 먹을 것, 입을 것 챙겨주는 시주들이 있어 바쁘게 산길을 접어들어야 한다. 흐르지 않는 물이 한 곳에 고여 썩어가듯이 허리에 군살이 붙고 얼굴에 자르르 기름기 흐름에 따라 마음의 눈은 뿌옇게 흐려져 간다.

모두가 안정을 누리고 내 편한 삶이 이웃의 편한 삶으로 이어진다면 한 자리에 오래 머물러 있음도 크게 나무랄 일 못 될 것이다. 그러나 눈 돌리는 곳마다 아수라장이요, 발길 닿는 데마다 칼산지옥, 화탕지옥, 한빙지옥이다. 어디를 보나 진창인 예토에서 한 곳에 머문다 하여 가사 장삼 더럽히지 않을 길이 없다.

오늘은 봉놋방에 누워 누더기 걸친 낯선 사람의 입 구린 냄새를 맡으며 칼잠을 자고, 내일은 머슴방 구석에 쭈그려 새우잠 자고, 모레는 눈보라에 쫓겨 초분이나 상엿집에서 머리 푼 귀신에게 체온을 빼앗기면서도 우리네 옛 스님들이 운수행각을 멈추지 않았던 까닭을 곰곰이 생각해본다. 세상이 편하면 내 몸도 편하고, 내 몸이 편하면 내 마음도 한가로워진다. 세상은 불편한데 내 몸은 편하고, 내 몸이 불편한데 내 마음은 한가롭다? 집 나선〔出家〕 스님의 격에 맞는 삶은 아닌 듯하다. 이 세상에는 집도 절도 없이 떠도는 사람이 많다. 가출(家出)이 있는 세상이라 출가도 있는 것 아닌가. 이 집 저 집에서 비럭질을 하고 가랑잎 이불 삼아 별 보고 잠드는 스님의 모습에서 위안을 얻는 사람이 없다면 구름처럼 떠돌고 물처럼 흐르는 스님의 삶이 어디에 쓸모가 있겠는가?

살불살조(殺佛殺祖). 부처님도 죽이고 큰스님도 죽이자. 끔찍한 말인데도 참 재미있다. 입이 저절로 벌어진다. 이 말을 듣는 순간 요순 시절에 부른 배를 북 삼아 두들기면서 '해가 뜨면 일어나 들에 나가 일하고, 해가 지면 들어와 네 활개 쭉 펴고 자는데, 임금 따위가 무어라고 아랑곳하랴.' 고 콧노래를 불렀다던 농투성이 모습이 떠오르기 때문이다. 부처님이 우러름 받는 세상은 좋은 세상이 아니다. 큰스님 말씀이 귀에 쟁쟁한 세상은 문제가 많은 세상이다. 부처님도 큰스님도 똥 친 막대기가 되는 세상이 정말 좋은 세상이다.

개울과 시내와 강에 맑은 물이 흐르던 내 어린 시절에는 아무도 깨끗한 물 타령을 하지 않았다. 우리 할아버지 적에는 북청 물장수들이 한강물을 길어다가 서울 시내에 먹을 물로 배달했다고 한다. 어디에나 맑은 물이 흐를 때는 사람들이 물을 걱정하지 않았다. 공기도 마찬가지다. 맑은 물, 깨끗한 공기가 새삼 그리워지는 것은 이미 물도 공기도 더럽혀졌기 때문이다. 부처님과 큰스님들의 말씀이 새삼 가슴을 울리는 것은 세상이 더럽혀졌기 때문이다. 더럽혀진 세상〔穢土〕이 깨끗한 세상〔淨土〕으로 바뀌면, 그래서 우리 모두 부처님처럼 살 수 있다면, 죽은 부처가 어디 쓸모가 있고, 큰스님이 무슨 할 말이 있겠는가? 일거수일투족이 모두 부처님 말씀에 버금할 텐데. 그야말로 똥 친 막대기다.

부처님 한 분 나타나면 헤아릴 수 없이 많은 중생이 동시에 생겨난다. 큰스님 한 분 나오면 그 자리에 비 갠 날 죽순 돋듯이 욕심 사나운 대중 들끓는다. 중생이 없으면 부처도 없고, 대중이 없으면 큰스님도 없다. 이치가 그렇다면 먼저 부처 때려잡고 큰스님 없애는 게 이 세상 살리는 길 아니겠느냐, 이렇게 성급하게 생각하는 분이 있을지도 모르겠다. 그러나 그것은 지레 짐작에 지나지 않는다. 중생이 없어지지 않는 한 부처는 백 번 천 번 때려죽여도 다시 되살아난다. 대중이 가슴 가득 탐욕을 품고 있는 한 큰스님을 아무리 쫓아버려도 되돌아온다.

절집에 드나드는 많은 분들이 대웅전에 부처님 똬리 틀고 앉아 계신 것만 알지, 문간에 창칼 비껴들고 고리눈 부릅뜬 사천왕과 금강신장 있는 것은 눈여겨보지 못하는 듯싶다. 마찬가지로 유랑하는 걸승들 구름과 물에 비겨 한가롭게 떠도는 것만 알지, 가슴에 담긴 큰 비원(悲願) 때로는 비바람, 눈보라 몰고 오는 먹장구름으로 바뀌고, 태산도 무너뜨리는 격류로 흐르는 줄 모르는 것 같다. 몇 번이고 되뇌던 말 여기서도 되풀이하고 싶다. 사람이 사람답게 사는 세상, 모든 중생이 부처로 거듭나는 세상, 한마디로 살맛 나는 좋은 세상이 다른 세상이 아니다. 있을 것이 있고 없을 것이 없는 세상이 좋은 세상이다.

억압, 독재, 착취, 탐욕, 전쟁, 공포, 이기심, 또 이것이 빌미가 되어 생겨나는 굴욕, 헐벗음과 굶주림, 박탈과 상실감, 절망, 체념 …… 이 모든 것은 '없을 것', '없어야 할 것'이다. 없어야 할 것은 없애야 한다. 이 가운데는 말로, 설법으로 없앨 수 있는 것도 있지만, 힘으로, 실천으로 없앨 수밖에 없는 것이 더 많다. 이 세상 마군들을 무릎 꿇려 불국토로 만들려는 사람들은 출가 재가를 가리지 않고 대웅전 한가운데서 똬리 틀 생각만 하지 말고 사천왕과 금강신장의 칼날과 창끝으로 자신을 벼려야 한다.

그래서 오늘도 부처 죽일 비수 가슴에 숨긴 사람들이 구름 가듯, 물 흐르듯 이 세상 떠돈다.

시장과 범죄

누구나 아는 뻔한 거짓말을 들라면, 흔히 '노인 일찍 죽겠다'는 말, '처녀 시집 안 가겠다'는 말, '장사꾼 밑지고 판다'는 말, 이 셋을 꼽는다.

거짓말을 밥 먹듯이 하는 사람이 판치는 세상이 바로 상품경제 사회, 이른바 자본주의 사회다. 참과 거짓말을 나누는 기준은 간단하다. '있는 것을 있다고 하고 없는 것을 없다고 하는 것'이 참이요, '없는 것을 있다고 하거나 있는 것을 없다고 하는 것'이 거짓이다.

같은 마을에서 태어나고 그 마을에서 평생을 코 맞대고 사는 사람들 사이에서는 거짓말이 통하지 않는다. 사용가치가 유일한 가치로 자리 잡은 세상에서 겉을 아무리 번드르르하게 꾸며보았자 써보아 부실하면 당장 들통 나게 마련이다. 이렇게 그릇 하나, 낫이나 호미 하나까지 써보아서 튼튼하면 옹기장이, 대장장이를 믿고, 안 그러면 상대 안 하는 사람들 사이에서 있는 것을 없다, 없는 것을 있다, 무엇인 것을 무엇이 아니다, 무엇이 아닌 것을 무엇이다 하고 눈가림하려는 사람이 사람대접 못 받을 것은 아주 당연한 일이다.

거꾸로 교환가치가 사용가치에 앞서는 상품경제 사회에서는 고지식한 사람이 살아남을 길이 없다. 단골손님이 붙박이 이웃일 경우에는 작은 속임수밖에 쓸 수 없지만, 낯선 사람에게는 얼마든지 바가지를 씌워도 상관없다는 생각이 약삭빠른 장사꾼들의 의식에 깊이 깔려 있다. 그래서 상품 거래의 공간이 멀어지면 멀어질수록 폭리는 그만큼 늘어나고 일확천금의 기회는 그만큼 커진다. 호메로스 서사시의 주인공인 오디세우스가 거짓말과 해적 노릇을 밥 먹듯이 하는 꾀보이자 범죄자로 나오는 것은 지중해를 중심으로 일찍부터 장삿길로 들어섰던 그리스 사회의 속내를 보여주는 좋은 본보기다. 가장 잘 속이는 놈이 장땡인 것이다. 이른바 선진국이 식민지나 다국적 기업을 만들어 초과 이윤을 얻으려고 애쓰는 것도, 대재벌의 문어발식 확장도 마찬가지 이유에서다.

물건의 내용보다 포장이 더 그럴듯해야 팔리고, 포장보다 광고가 더 그럴듯해야 더 많이 팔리는 이런 세상에서 정직하고 부지런하고 성실한 사람을 길러내려는 교육자는 발붙일 곳이 없다. 아이들을 그렇게 길러보아야 상품경제 사회의 낙오자가 될 게 뻔한데, 누구를 무엇을 믿고 그 헛된 노력을 해야 하겠는가? 그러니 유능한 교사는 윤리 도덕에는 둔감한 대신에 머리가 비상하게 돌아가고, 무슨 수를 써서라도 경쟁에서 이기고, 남을 속여서라도 저 잘살 길을 찾는 인물을 양산하는 교사다. 다시 말해서 일류대학에 가장 많은 학생들을 집어넣는 교사가 가장 훌륭한 교육자인 셈이다.

한마디로 상품경제 사회는 속임수가 삶의 기본 원리로 자리 잡은 사회다. 그리고 그런 점에서 범죄 사회라 부를 만하다. 끝까지 성공할지는 두고 볼 일이지만, 상품경제 사회로 바뀌고 있는 동구나 옛 소련이나 중국에서 범죄가 비 온 뒤 죽순 솟듯이 하는 것을 보면 시장과 범죄는 한 배에서 태어나는 쌍둥이 자식이라는 느낌을 버릴 수 없다.

오죽하면 노자가 《도덕경》의 끝부분에서 이상으로 삼는 공동체를 '작은 나라에 적은 백성 수에, 남보다 열 배, 백 배로 그릇이 큰 사람이라도 쓰지 않고, 배나 수레가 있어도 타지 않고, 군대가 있어도 진칠 곳이 없고, 버린 끈을 이어서 쓰고, 거친 음식 달게 먹고, 허름한 옷 기꺼이 입고, 작은 집 편히 여기고, 새 것에 눈 돌리지 않고 살되 이웃 나라가 빤히 건너다보여 닭 우는 소리, 개 짖는 소리를 서로 들을 수 있어도 늙어 죽도록 오고 감이 없는 세상'으로 못을 박았을까.

노자의 이러한 이상 공동체는 질병이나 자연재해를 집단으로 해결할 길이 없는 원시 공산사회와 많이 닮아 있어서 받아들일 만한 것으로 보지 않지만, '생산력의 무한한 증대를 통한 무한하게 다양화하는 무한한 욕망의 무한한 충족'이라는 신화가 거짓임을 밝히는 좋은 반증은 된다고 본다.

장사꾼으로 키우려고 하면서 거짓말을 하지 않는 자식을 두려고 하는 아비의 소망만큼 헛된 것은 없다. 옛날부터 장돌뱅이로 성공하려면 곡식을 살 때는 곡식알을 모두 모로 누이고, 팔 때는 모두 곧추서도록 하는 되 속임질 말 속임질을 손바닥에 피가 나도록 익히는 법이다. 하물며 상품경제 사회에서 살아남도록 하는 자식 교육에 속임수와 범죄 과정이 어찌 빠질 수 있겠는가. 집이나 학교에서 가르치지 않아도 아이들은 살려는 본능에 따라 저도 모르는 사이에 사회에서 속임수와 범죄를 배우게 된다. 아이들은 본디 보고 듣는 대로 따라하는데, 사회에서 보고 듣는 것이 죄다 그런 것인데 배우지 않고 어쩔 것인가.

전 지구로 열병처럼 번져나가는 상품경제의 물길을 가로막고, 조그마한 생산 공동체를 기초 단위로 해서 온 세상이 우애와 협동으로 결합하는 사랑의 공동체로 바뀌고, 이 공동체 안에서 머리 좋고 셈 빠른, 이른바 학과 성적이 좋은 아이가 사랑받는 게 아니라 '정직하고 부지런하고 성실한' 품성을 지닌 아이가 사랑받기 전에는 우리의 미래가 범죄 사회로 바뀌는 것을 막을 길이 없다.

쓰자, 쓰면서 세상 다시 뒤집자

세상이 뒤집혔다. 200년도 안 된다. 이제 돈 없으면 못 사는 세상이 되었다. 누가 이런 세상을 만들었나? 자본가들이다. 자본가란 무엇인가? 자본, 곧 돈이 재주를 넘어서 둔갑해 사람 행세를 하는 거다. 자본가는 사람이 아니다. 자본이, 돈이 없으면 사람 구실을 못하는 허깨비들이다.

일하는 사람들이 언제부터 자본가에게 매달려 살게 되었나? 자본가가 없으면 생산도, 분배도, 소비도 없나? 천만에! 우리 조상들은 자본가 없이, 자본계급 없이 이 땅에서 수십만 년을 살아왔다. 돈이 둔갑해서 자본가로 군림하게 된 지는 고작 200년도 채 안 된다.

'국민의 대표' 라는 자들이 걸핏하면 '민생경제' 를 코끝에 내거는데, '민생경제' 란 도대체 무얼 가리키나? 백성 살리는 살림살이라는 뜻일 게다. 백성은 무엇으로 사나? 밥으로 산다. 먹어야 산다. 백성이 잘 먹고 잘 사는 경제가 바로 민생경제다. 어떻게 해야 잘 먹고 잘 산다고 하나? 먼저 돈 없어도 살 수 있어야 한다. 이 세상에 돈이 있어야 살 수 있다고 믿는 미친 종자들은 인간밖에 없다. 그것도 가장 진보되었다고 저 잘난 체하는 현대인밖에 없다. 이 세상에 사는 다른 모든 생명체를 붙들고 물어봐라. 강아지한테 물어보고, 지렁이한테 물어보고, 까막까치한테, 개구리한테, 사람 비슷한 침팬지나 오랑우탄한테 물어봐라. '너희는 돈 없이도 살 수 있나?' 있고말고!

누가 이렇게 만들었나? 돈 없이는 살 수 없게, 생명체로 태어났으되 생명체 구실을 하지 못하게 만들어놓은 원흉이 누구인가? 사람을 하다못해 단세포 생물만큼도 떳떳하게 살지 못하게 한 탓이 누구에게 있는가? 경제학 교과서라는 걸 들추어보면 생산, 분배, 소비라는 글자가 대문짝만 하게 나온다. 죄다 한자말이다. 하도 많이 들어서 귀에 익은 말이기는 하되 꼼꼼하게 뜯어보면 낯설기 이를 데 없고, 아리송하기 짝이 없는 말들이다. 생산이라? 본디는 '낳는다'는 말이다. 사람은 아기를 낳고, 소는 송아지를, 씨앗은 열매를 낳는다. 생긴 지 아주 오래된 낱말이리라 여겨지는 말이다. 분배? 한자말 그대로라면 '짝을 나누다'는 말인데, 약탈혼, 다시 말해서 전쟁이 일어나 이긴 부족이 진 부족의 여자들을 나누어 갖던 시절에 나온 말인 듯싶다. 그 다음이 소비인데, 비(費)에 조개 패(貝) 자가 붙은 것으로 보아 화폐, 곧 돈이 나돌기 시작한 뒤에 생겨난 말이 틀림없으렷다.

이렇게 생겨난 시기도, 내력도 다른 말들을 그럴싸하게 한데 모아서 매끄럽게 연결시켜놓고는 생산이 있어야 분배가 이루어지고, 분배 뒤에는 소비가 따른다는 식으로 야바위 짓을 하는 게 이른바 경제학이라는 학문이다. 여기에 대응하는 서양말도 사정은 마찬가지이다. 생산→프로덕션(production), 분배→디스트리뷰션(distribution), 소비→콘섭션(consumption), 죄다 지금은 아무도 쓰지 않는 죽어버린 라틴어에서 끌어온 말이다.

왜 이렇게 어려운 말을 일부러 끌어다 쓰는가? '숨기고 감추고 싶은 게 있어서' 라는 게 내 생각이다. 무얼 숨기고, 무얼 감추고 싶을까? 이 말들을 쉬운 우리말로 먼저 바꾸어놓고 생각해보자. 생산(낳고 기르고 가꿈), 분배(나눔), 소비(씀).

아하, 바로 이거로구나. 경제학자라는 자본의 종놈들이 아예 차례를 거꾸로 뒤집어놓고, 가운데다가는 쓸데없는 걸 끼워 넣어 그 쓸데없는 것이 사이에 들지 않으면 움직일 수 없는 세상으로 이 세상을 물구나무 세워놓았구나. 그래서 사람 사는 세상을 지옥으로 바꾸어놓았구나. 이렇게 세상이 뒤집히니까 눈깔도 뒤집혀서 핵무기 같은 대량살상무기 생산도 생산이요, 인류를 몰살시킬 세균을 일부러 길러내는 것도 생산의 탈을 쓸 수 있구나. 그리고 이렇게 인간뿐만 아니라 뭇 생명체들의 목숨을 위협하는 해로운 물건들만 골라서 만들어내도록 우격다짐을 받는 사람들도 '일하는 사람', 곧 노동자가 되는구나. 그리고 소비라는 것은 어디에 어떻게 쓰든 상관없이 바로 '돈을 쓰는 것' 이 되어버리는구나.

아니야, 이건 아니야. 거꾸로야. 생산이 먼저가 아니라 소비가 먼저야. 쓰는 게 더 앞선다고. 생각해봐. 아주 단순해. 너무 단순해서 무서울 지경이야. 먹물깨나 먹은 사람들이 고상한 말로 '1차 생산자' 라고 부르는 식물들이 유기물을 만들어내려면 먼저 물과 흙 속에 들어 있는 무기물들을 써야 해. 먼저 쓴다고. 어디 그뿐이야? 생명이 있는 것들은 모두 먼저 쓰는 걸 배워. 낳고, 기르고, 가꾸고, 만드는 것은 아주 나중에 배우지. 인류도 처음 이 지구상에 나타났을 때 무얼 생산하지 않았어. 나물 캐고, 짐승 사냥하면서 살아왔지. 자연에 있는 걸 거저 가져다 쓴 거야. 물론 쓴 건 풀이나 열매나 조갯살이나 그 밖에 이런저런 먹을거리, 짐승 가죽, 땔감 같은 것뿐만 아니지. 힘도 쓰고, 머리도 쓰고, 애도 쓰고, 마음도 썼지. 내가 옛날에 흥얼거리던 노래가 하나 있는데, 들어봐.

나물 먹고 물 마시네.
배부르고 등 따숩네.
따뜻한 햇살, 서늘한 바람.
앞바다에는 물결 출렁이고
뒷산에는 안개비 흐르는데
나 부드러운 흙의 속살에
등을 맞대네.

노네. 배를 북 삼아
노랫가락도 뽑고 춤도 추고
술 마시고 큰소리도 치고 흰소리도 하네.
놀면서 놀리면서 쓰네.
먹고, 마시고, 입고, 때고,
몸도 쓰고, 마음도 쓰고, 머리도 쓰네.

쓰면서 자라네. 햇볕과 달빛 속에
자라네.
비와 바람과 흙 속에서 자라네.

물 마시면서 자라고
따뜻한 솜옷으로 몸을 감싸면서
자라네.

쓴 만큼 되돌리네.
기운을 써서 땅을 일구고
마음을 써서 같이 사는 이웃 보살피네.
머리를 써서 햇살과 바람을 돕네.
똥과 오줌으로 되돌려
밭을 기름지게 하네.
쓰는 것과 기른 것 갈라서지 않으니
마음껏 써도 마음에
걸림 없네.

쓰라고 속삭이네.
새벽별이 속삭이고, 밤바다가 부추기네.
어여쁜 색시, 뼈마디 굵은 사내
서로 만나 허리 쓰고
기운 쓰면 엄마 뱃속에서 새 핏덩이 자라네.

—〈씀(소비)〉

그렇다. 이렇게 쓰고(소비), 낳고 기름(생산)이 분배(나눔)를 사이에 두고 갈라서지 않는 세상, 자본이 '보이지 않는 손'이라는 야바위놀음으로 시장판에서 물건의 탈을 쓴 사람을 사고파는 끔찍한 범죄가 없는 세상. 말 그대로 '소비가 미덕이 되는 세상'이 본디 자연스러운 우리 살림의 모습이었다. 계급사회가 나타나기 전까지 수십만 년 동안 우리는 그렇게 살아왔다. 소비가 생산의 기준이 되고, 소비자가 주인이 되는 세상으로 다시 바뀌어야 한다. 전쟁광이 아니고, 살인마가 아닌 다음에야 누가 핵무기를 쓰고 싶어 하고 생화학 무기를 쓰지 못해 안달을 할까.

소비가 생산의 기준이 되는 세상에서는 살림에는 쓸모가 없는, 자본가에게만 이윤을 안겨주는 그 어느 것도 생산되지 않을 것이다. 또 소비자가 주인이 되는 세상에서는 열에 아홉은 쓸모가 없거나 인류나 다른 생명체에 해로울 뿐인 쓰레기들을 만들어내는 데 혈안이 되어 정작 잘 먹고 잘 사는 데 필요한 것들을 가꾸고 기르고 빚어내는 일을 도외시하는 미친 짓은 자취를 감출 것이다.

3차 세계 대전

우리 공동체 중·고등학교 과정 학생들한테 철학 시간에 물어보았다.

"지금 이 세상에서 가장 힘센 나라가 어느 나라지?"

"미국이에요."

"그럼 가장 힘센 사람은?"

"미국 대통령 부시예요."

상식으로 따지면 그렇다. 그러나 상식이 통하는 세상이 아니다. 모든 게 거꾸로다. 지금 세계에서 가장 힘센 나라는 아프가니스탄이다. 가장 가난한 나라이고, 스무 해 동안 전쟁에 찌들려 이제 폭격 목표조차 찾아보기 힘든 데다, 이웃 나라와 외교 관계도 딱 두 나라와 맺었다가 그나마 한 나라는 등 돌리는 바람에 고립무원이고, 아직도 내란에 시달리고 있고, 탈레반 정부의 군대라고 해보았댔자 5만 명도 안 되는 낡아빠진 구식 무기로 무장한 민병대 수준인데, 거기에 한술 더 떠서 인구 2,500만 가운데 600만 이상이 굶어 죽게 되어 있는, 국민소득 100달러 미만인 그런 나라가 어떻게 해서 이 세상에서 가장 힘센 나라일 수 있느냐고?

그 말 다 맞는 말이다. 그래도 사실이 그렇다. 미국이 혼자서 대들기 겁나니까 세계에서 가장 힘센 나라로 알려진 일곱 나라들을 포함해서 예순여섯 나라와 동맹을 맺고 그 나라들로부터 군대와 무기, 전쟁 비용 들을 제공받아 전쟁을 일으키고 있지 않은가? 그리고 아프가니스탄 탈레반 정권은 안팎으로 대드는 적들을 맞아 한 달이 훨씬 넘게 버티고 있지 않나? 미국이 정말 센 나라라면 혼자 대들지, 이렇게 떼거리로 대들겠는가? 늑대 피가 흐르고 있어서 떼로 몰려다니지 않으면 직성이 풀리지 않는다면 모를까.

또 세상에서 가장 '쎈' 사람은 부시가 아니라 우사마 이븐 라딘이라는 사람이다. 부시 정부가 이 한 사람을 없애려고 온 세상 거의 모든 나라를 끌어들여 이른바 '테러와의 전쟁'을 일으켰으니까. 인류 역사에서 테러리스트 한 사람을 때려잡으려고 이렇게 많은 나라, 많은 사람들이 동맹을 맺은 적이 있는가? 그러니까 이븐 라딘이라는 사람은 슈퍼맨, 배트맨, 스파이더맨, 람보, 타잔, 600만 달러의 사나이, 원더우먼에 잔 다르크, 영국 해군 제독 넬슨, 처칠, 나폴레옹, 일본의 도조 히데키, 도쿠가와 이에야스, 도요토미 히데요시를 다 합친 연합군보다 더 '쎈' 사람임에 틀림없다.

어쨌든 전쟁이 벌어졌다. 이 전쟁은 2차 세계 대전 뒤로 여기저기에서 벌어졌던 '국지전'이 아니다. 그야말로 3차 세계 대전이다. 전쟁의 성격과 초기 형태가 지난날 전쟁들과는 매우 다르고 상식의 틀에서 벗어나니까 내 말을 과장으로 여기는 분들이 거의 다일 것이다. 그러나 아프가니스탄이 세상에서 가장 힘센 나라고, 이븐 라딘이 가장 힘센 사람이라는 말이 역설처럼 들리지만 사실로 판명되고 있듯이,

이번 전쟁이 인류 역사의 방향을 크게 바꿀 세계 대전이라는 말도 틀림없는 사실이라고 나는 믿는다.

그러면 왜 미국은 아프가니스탄을 그렇게 무서워하고, 우사마 이븐 라딘이라는 이름만 들어도 미국 부시 정권은 까닭 모를 두려움에 사로잡힐까?

먼저 1차 세계 대전과 2차 세계 대전의 성격과 형태에 대해 한마디 하고 싶다. 그것은 다 알다시피 제국주의 전쟁이다. 세계 상품시장을 두고 늑대와 승냥이, 살쾡이와 족제비 들이 편 갈라서 으르렁대고 할퀴고 물어뜯은, 그런 싸움판이었다. 이 전쟁판에 휩쓸려서 평소에 평화와 반전을 부르짖고 인류애를 코끝에 내세우던 그 많은 양심 있는 지식인, 사회주의자들도 나중에는 저마다 제 나라 국가 독점자본의 편이 되어 적국의 평화주의자, 국제 무산자 동지들 가슴에 방아쇠를 당겼다.

그런데 3차 세계 대전은 국가 간의 전쟁이 아니다. 현재 벌어지고 있는, 힘센 예순일곱 나라가 힘없는 한 나라를 집단 해코지하고 있는 겉모습에 현혹되어서는 안 된다. 1차, 2차 세계 대전은 국가 독점자본들이 제 이익을 극대화하는 데 걸림돌이 되는 다른 국가 독점자본들을 물어뜯는 싸움이어서, 국가들의 싸움, 국경선을 새로 긋는 싸움, 해방이라는 허울을 씌우고 시장을 다시 나누어 갖는 싸움이라는 겉모습을 띠고 있었다. 그러나 이번 전쟁은 성격이 다르다. 자본이 옹근 모습으로 드러나는 금융 독점자본은 국경선을 벗어난다. 다시 말해서 '초국적 독점자본'의 형태를 띤다. 금융 독점자본이 가장 싫어하는 땅은 시장이 될 가망이 없는 땅이고, 가장 경계하고 두려워하는 사람들은 시장 논리를 따르지 않겠다는 사람들이다.

이번에 미국의 세계무역센터를 공격한 사람들은 그곳이 세계 금융 독점자본의 상징이기 때문에 공격했을 것이다. 그러나 하루도 지나지 않아, 단 몇 시간도 안 걸려서 그렇게 무너져 내리리라고는 공격한 사람도 예상하지 못했을 것이다. 무너져 내리는 순간까지 구조 역학 전문가로 자처하는 사람이 텔레비전 화면에 나와 지진에도 끄떡없이 견디게 지어져서 무너질 염려가 전혀 없다고 호언장담하지 않았는가? 결과는 예상 밖으로 참담했지만, 그 일을 벌인 사람들은 제 한 몸 바쳐서 온 세상을 목 조르고 있는 금융 독점자본에게 그래서는 안 된다고 경고하려고 들었을 것이다. 난공불락이라는 펜타곤을 공격한 것도 같은 맥락일 것이다. 이미 금융 독점자본의 '똘마니' 이자 '시다바리' 가 되어버린 초강국의 군사 통제 기지에 한방 먹여서 '군산복합체' 에 교훈을 주겠다는 뜻이었을 것이다.

이번 일을 저지른 사람들이 반드시 우사마 이븐 라딘의 '똘마니' 일 필요는 없다. 금융 독점자본이 피 묻은 갈퀴손으로 인정사정 볼 것 없이, 제 나라, 남의 나라 가리지 않고 민중의 고혈을 짜내는 이 세계 어느 곳에서나 있을 법한 사람들이고, 생길 법한 집단이다.

한 번 했던 이야기를 되풀이하는 건 썩 달가운 일이 아니지만, 듣는 이가 많지 않은 자리에서 했던 말이기도 하고, 그 이야기를 빼면 앞뒤 맥락이 이어지지 않겠다 싶기도 해서 다시 한 번 해야겠다. 중세 봉건제 사회가 무너지고 근대 시민사회가 이루어진 역사 사실을 두고 '생산력의 발전에 따른 생산관계의 변화' 라는 어렵고 그럴듯한 설명을 하는 사람도 있고, 계몽기의 지성들과 프랑스 혁명이 끼친 영향을 강조하는 이들도 있지만, 나는 이 봉건제 사회가 무너진 까닭을 밝힌답시고 어느 한 곳에서 충격이 처음 있었고, 그 결과로 온 세상 신분질서가 차례로 무너져 내렸다는 '도미노' 이론을 내세우는 사람들의 말을 믿지 않는다.

사용가치가 중심가치였던 농경사회가 교환가치가 중심가치로 발돋움하는 근대 산업사회로 바뀌는 과정에서 시장에 내놓을 상품을 만들거나 사고파는 일에 쓸모가 있는 머리 잘 돌아가는 사람이 부쩍 많이 필요했는데, 돌대가리이면서도 양반 자식이랍시고 머리 써야 할 자리에 버티고 앉아 날고 기는 재주가 있더라도 상놈의 자식으로 태어나면 쓰일 곳이 없는 사람들을 못 살게 구는 데에 힘을 쏟고 있는 사회체제로는 이 일을 감당할 수 없었다. 그래서 시간으로 앞서거니 뒤서거니 하기는 했으되, 온 세계에 걸쳐 신분 철폐 운동이 벌어지고, 그 결과로 근대 시민사회가 나타나고 민주주의라는 정치 체제가 뿌리를 내렸다고 본다.

'민주주의'는 온 세상 사람들이 머리를 맞대고 집단의 슬기를 모아 이 세상을 살 만한 곳으로 바꾸자는 뜻에서 내세운 구호일 것이다. 그런데 교환가치가 중심가치가 되고, 교환의 매개 수단인 화폐가 시간과 공간을 초월한 축적과 저장이 가능한 자본으로 바뀌면서 한 줌도 안 되는 나라, 한 줌도 안 되는 사람 손아귀로 들어가는 사태가 벌어졌다. 그야말로 온 세상이 '돈 놓고 돈 먹는' 놀음판으로 바뀌어버린 셈이다. 놀음의 법칙은 아주 간단하다. 찔러 넣을 판돈이 가장 두둑한 사람이 그 판에 깔린 돈을 싹쓸이한다. 결국에는 그렇게 된다. 현대 과학 기술 문명을 움직이는 힘은 '초국적 금융 독점자본'에서 나온다. 그러니까 한 줌도 안 되는 사람의 탈을 쓴 자본이 현대 문명이라는 장삿속 놀음판에 온 세상 사람들을 죄다 끌어들여 몸도 마음도 저당 잡고 마침내는 파산을 시키고 있는 게 지금 실정이다.

인류의 삶 전체를 몇 안 되는 나라의 한 줌도 안 되는 물질과학똑똑이, 장사똑똑이, 군대똑똑이 들이 쥐락펴락하면서 막다른 골목으로 몰아넣고 있는 상황에서 사람뿐만 아니라 생명계 전체를 죽음으로 이끄는 이 야바위판을 끝장내야 한다는 절박한 마음을 가진 사람이 어찌 한두 사람뿐이겠는가?

이번에 벌어지고 있는 이 3차 세계 대전은 결국 인류를 포함한 지구 생명계 전체를 저당 잡은 한 줌도 안 되는 권력똑똑이, 돈똑똑이들, 그리고 그 뒤에 버티고 앉아 가장 믿음직한 겉모습을 꾸미고 가장 끔찍한 돈독 오른 제 얼굴에 '신용'이라는 글자를 새겨 넣은 국제 금융 독점자본에 맞서 일어나는 민중의 봉기라는 성격을 띠고 있다. 지난 시대와 달리 국경 없는 전쟁이고, 내전이다. 그러면서 전 세계 민중을 한편으로 하고, 초국적 금융자본과 그 자본의 '똘마니', '시다바리'가 된 한 줌도 안 되는 돈똑똑이, 권력똑똑이, 물질과학똑똑이, 장사똑똑이, 군대똑똑이 들을 다른 편으로 하는, 문명의 역사와 생명계의 역사를 바꾸는 큰 싸움이다. 지금은 아프가니스탄이라는 이 세계에서 가장 헐벗고 굶주리는 나라와 그 안에 숨어 있는 것으로 여기는 '테러리스트' 한 사람에 대한 강대국 연합군 예순일곱 나라의 전쟁이라는 기묘한 모습으로 몰상식한 싸움판이 벌어지고 있지만, 머지않아 온 세상 모든 나라에서 '신용사회'라는 간판을 걸고 민중을 억압하고 착취하는 진짜 테러리스트 국제 금융 독점자본에 대한 전쟁이 내란의 형태로 번져나갈 것이다.

그리고 이 싸움에서 나는 희망을 본다. 자본이 국경선 안에 갇혀 몸부림치던 국가 독점자본 체제에서 시장을 서로 빼앗으려고 아귀다툼을 하던 자본의 '시다바리' 들은 인류 전체와 생명계 전체를 골백번도 더 싹쓸이할 핵무기, 화학무기, 생물학무기를 산더미처럼 쌓아올렸다. 국경을 사이에 두고 전쟁이 일어나면 이 무기들은 누가 먼저 쓰느냐는 차례만 바뀔 수 있을 뿐, 거의 자동으로 쓰일 것이다. 그러나 전쟁이 이런 끔찍한 무기들을 만들어 쌓아놓고 있는 저주받을 나라들의 국경 안에서 벌어지면 이 무기들은 쓸 데가 없어진다.

이제 한 줌도 안 되는 '똑똑이' 들의 머리로만은 막다른 골목에 이른 인류와 생명 공동체 살림을 제대로 꾸릴 길이 없다. 중세 신분질서가 무너지던 필연성보다 더 큰 필연성이 우리 삶의 길을 죽임의 길에서 살림의 길로 되돌리는 전환점에 우리가 서 있다. 우두머리 깡패가 똘마니 깡패들을 죽음의 문턱으로 몰아놓는 저 '친구' 들의 머지않은 죽음에 기쁜 마음으로 명복을 빌자.

섬기는 마음이 실린 나눔

요즘은 자주 나눔과 섬김을 생각한다. 정상의 경우라면 자연 속의 어떤 생명체도 단순 재생산을 하지는 않는다. 땅에 떨어진 보리 한 알은 수백 개의 보리알로 거듭난다. 산비탈에 서 있는 떡갈나무도 해마다 수백, 수천 개의 도토리를 땅에 떨어뜨린다. 이렇게 이야기하면 어떤 분은 이런 현상을 사람의 경제활동, 더구나 상품경제 사회의 끊임없는 확대 재생산과 견줄지 모른다. 그러나 겉보기에 비슷할지 모르지만 속을 들여다보면 다르다. 사람은 축적해놓으려고 확대 재생산을 하지만, 자연은 나누려고 그런다. 종을 유지하려고 어떤 생명체는 수억에 이르는 알을 낳거나 수천 개의 씨앗을 열매로 맺지만, 그것들이 다 온전하게 잘 자라서 온 세상을 자기의 종만으로 가득 채우고자 하는 뜻에서 그러지는 않는 듯싶다. 결과는 대체로 종의 단순 재생산이자 유지이고, 그 밖의 것은 생명 공동체의 여러 구성원에게 나누어준다.

올해 우리 마을 어른들은 고추를 참 많이 심었다. 비닐을 이중으로 치면 고추 수확량이 높다고 해서 철사로 된 활대를 사서 버팀대로 꽂고 그 위에 비닐을 치는데, 얼마나 많은 농가에서 전국에 걸쳐 고추를 심었던지 철사 활대가 동이 나서 대쪽을 활대로 쓴 분들도 있다. 걱정이 많이 된다. 고추는 쌀이나 보리나 콩 같은 주곡의 경우와는 달리 풍년이 들면 아예 팔 길이 막히기 때문이다.

올 봄에 우리 마을 한길 가에는 내다버린 쪽파와 대파가 썩으면서 풍기는 냄새가 진동했다. 마을 어른들 가운데 한 분에게 또 그 짝 나는 게 아니냐고 염려스럽게 여쭈어보았더니, 어느 한 지역 고추농사가 장마로 '어장나면(망해버리면)' 제값을 받을 수 있을 거라고 대답한다. 가슴이 덜컥했다. 어느 틈에 농민들의 마음자리도 이렇게 되어버렸나. 그러나 생각해보자. 내가 잘 살려면 남이 망해야 한다는 심보가 어찌 온전한 정신에서 나왔다고 볼 수 있겠는가.

지역에 따라 콩이 잘 되는 곳도 있고 감자가 잘 되는 곳도 있다. 강원도에서는 옥수수가 잘 자라고 전라도 황토 땅에서는 고구마와 밀이 잘 자란다. 이렇게 지역마다 마을마다 그 땅에서 잘 자라는 농산물을 주곡 중심으로 짓는다면 농사짓는 분들 마음이 이렇게 여위어갈 까닭이 없다. 여기에도 풍년이 들고 저기에도 풍년이 들어야 자기 지역에서 나지 않는 것을 싼값으로 넉넉하게 얻을 수 있으니까. 자기가 잘 살아야 남도 잘 살고, 남을 잘 살게 만들어야 자기도 잘 살 길이 열린다는 '자리이타(自利利他)'는 나눔의 바탕이다. 그런데 농민들 사이에서도 이 마음자리가 없어져버렸다.

탓은 농민들에게 있지 않다. 도시 중심의 상품경제 사회가 농민들에게 환금작물 재배를 강요하고 투기 영농과 약탈 영농을 부추기기 때문이다. 남으면 내다버리고 모자라면 값이 다락같이 오르는 판이니, 자기는 콩도 심고 옥수수도 심고 보리나 조도 심어야 할 자리에 고추만 심어놓고 이웃 고추농사가 파농하기를 기다릴 수밖에 없다. 이런 세상에서 이런 마음자리로 어찌 이웃과 다른 생명체 섬기기를 하늘 섬기듯 하길 기대할 수 있겠는가.

지난 이른 봄에 마늘밭에 가득 돋아나는 풀들을 잡초로만 알아 뽑아내고 난 뒤에야 그것이 잡초가 아닌 약초였다는 사실을 확인하고 후회를 거듭했던 터라 요즈음 우리는 밭에서 우리가 씨앗을 뿌리지 않았는데도 자라는 여러 가지 풀들을 눈여겨보아 어떤 것은 그냥 자라게 내버려두고 어떤 것은 거두어 나물을 무치거나 김치를 담그거나 말리거나 당절임을 해서 효소를 만든다. 이렇게 해서 조금씩 담은 효소가 가짓수로 쳐서 서른 가지 가깝다. 실제로 밭이나 산과 들에서 자라는 풀 가운데 '잡초'는 없다. 그런데 요즈음처럼 수천, 수만 평의 밭에 수박이나 고추만 심는 버릇이 오래가다 보면 어쩌다 그 밭에 보리나 수수가 자라더라도 잡초로 여겨 제초제를 뿌려 없애려 들 것이다. 그리고 그 과정에서 땅도 죽이겠지.

자연은 뭇 생명체들을 살리려고 봄, 여름, 가을, 겨울, 밤낮 없이 저렇듯이 애를 쓰건만 어찌 사람들은 '잡초'라고 하여, '해충'이라 하여, 돈이 안 된다 하여 이렇게 날이면 날마다 없애고 치워버릴 궁리만 하는지. 그리고 그 부산물로 쓰레기를 산더미처럼 쌓아올리는지.

사는 데 꼭 필요한 사용가치를 지니는 것을 땀 흘려 가꾸거나 만들어서 나누어주는데, 그 대가로 사용가치는 없고 교환가치만 있는 돈을 내밀면서 고마워하는 마음도 미안해하는 마음도 없이 사는 사람들이 판을 치는 세상은 온전한 세상이 아니다. 물건은 마음과 정성이 오가는 통로 구실을 해야 한다. 그러려면 그 물건은 반드시 사용가치를 지녀야겠지. 어떤 물건의 사용가치는 거기에 기울인 정성과 땀에 비례하여 높아진다. 물론 터무니없는 이야기다. 실제로 안 그런 경우가 훨씬 더 많으니까. 그렇지만 마음과 정성이 오가는 통로로 따지면 꼭 틀린 말만은 아닐 게다.

참된 나눔은 주고받는 가운데 반드시 마음이 실려야 한다. 그렇지 않으면 거래일 뿐이다. 섬기는 마음이 실리지 않는 나눔은 자선이나 자기 과시인데, 이것은 나누어 받는 사람에게 물질이나 마음으로 의지하게 하여 노예 상태를 만들거나 저항감을 불러일으켜 자유로움을 없애버리기 십상이다. 작은 살림이야 거래로만 꾸려갈 수도 있고, 교환가치와 사용가치를 뒤섞어서 해갈 수도 있겠지. 그러나 큰 살림은 그렇게 해서 이루어질 수 없다. 올 한 해 우리 식구들의 과제는 어떻게 하면 상대방의 자유를 침해하지 않으면서 지극 정성 섬기는 마음으로 내가 땀 흘려 빚어내거나 가꾼 것을 나누고, 또 내 자유를 침해받지 않으면서 이웃이 나누어주는 것을 고마운 마음으로 받아들일 수 있는지 그 방법을 찾는 것이다.

삶의 질서

'남아 있는 마지막 한 사람의 중생까지 부처를 이루어 지옥문을 벗어나지 않는 한 지옥에서 떠나지 않겠다.'는 서원을 세우고 지옥에 들어가 아직도 중생의 아픔을 대신 겪고 있다는 불교의 지장보살 설화는 사람됨이 얼마나 어려운 일인지를 잘 밝혀주고 있는 듯하다.

부처를 이룬다는 것은 쉽게 말하면 사람으로서 사람답게 살 길을 얻었다는 것을 뜻한다고 생각한다. 그런데 사람 사는 세상은 어느 한 가닥의 실오리도 다른 실오리와 맺어져 있지 않음이 없어, 다른 사람을 깨우치지 못한 상태로 놓아두고 스스로 깨우쳤다고 이야기함이 실없는 헛소리라는 것을 이 설화는 적절하게 깨우쳐주고 있다. 그러니까 한 사람이라도 사람답지 못하게 사는 사람이 있는 한 어떤 사람도 참으로 사람답게 살 수는 없다는 것이다.

사람답게 사는 것은 다만 먹이와 입성과 잠자리가 갖추어져 있다는 것만을 뜻하지는 않는다. 박정희 유신독재 아래 생존을 위해서는 자유를 유보하는 것도 감수해야 한다는 해괴한 논리가 나와 국민에 대한 억압을 정당화한 적도 있지만, 따지고 보면 그렇게 이야기한 사람은 사람을 사람으로 보지 않고 개돼지로 본 사람이라고, 또는 사람을 개돼지로 본 개돼지 같은 사람이라고 할 수 있다.

억압에서 벗어난 자유로운 삶은 착취에서 벗어난 평등한 삶과 마찬가지로 인간에게 기본적인 생존권의 일부로, 떼어낼 수 없는 것이다. 그런데도 마치 자유와 평등을 사람의 삶에서 떼어놓을 수 있는 것처럼, 그것이 없어도 사람다운 삶을 누릴 수 있는 것처럼 생각하는 사람은 사람과 짐승의 차이를 가려볼 줄 모르는 점에서 짐승 같은 사람이라고 해야 할 것이다.

이렇게 이야기하면 마치 이런 글을 쓰는 사람은 짐승의 무리에서 벗어나 있는 것으로 잘못 생각하기 쉬운데, 그렇지 않다. 이 세상에 한 사람이라도 사람답지 못한 사람이 남아 있는 한, 나머지 사람도 죄다 짐승이 된다는 이치는 지장보살이 온몸을 태워 증언한 진리다. 사람답게 사는 길을 찾는 사람이 홀로 사람으로 서는 데서 그치지 않고 이웃을 끌어들이는 것도 같은 이치에서다.

예수나 석가의 행적을 보면 잘 알 수 있다. 혼자서 천국에 갈 수 있었는데, 혼자서 극락에 가 잘 살 수 있었는데, 죄 지은 사람을 사랑해서, 대자대비심으로 인류를, 중생을 구제하려고 그런 것이라고? 천만에 말씀! 그렇지 않다. 그분들은 누구보다도 홀로는 사람다운 사람으로 설 수 없음을 절실히 깨우친 분들이라고 할 수 있다. 그러기에 예수는 사막에서 한 달 열흘이 넘게 시련을 겪고 난 뒤에 가난한 이웃들 곁으로 돌아왔고, 석가는 여섯 해 동안 사서 한 고행 끝에 발우를 손에 들고 저잣거리로 내려왔다. 모두가 사람답게 사는 법을 알아서 실천에 옮기지 않으면 스스로도 사람다운 사람이라고 할 수 없다는 홀로 섬의 불완전함에 대한 의식이 이분들을 가장 사람답지 못한 삶을 살고 있는 이들 곁에 세운 것이다.

밥상 앞에 앉을 때면 가끔 내 살이 되고 피가 되는 음식을 마련하려고 애쓴 분들의 초라한 모습이 가슴에 떠올라 죄스러움에 휩싸이는 때가 있다. 사람답게 살려면 무엇보다도 기본적으로 의식주와 건강 문제가 해결되어야 한다.

농부는 한 푼이라도 더 많이 벌기 위해서 벼에 농약을 친다. 고추에도 치고, 배추에도 치고, 사과나무에도 치고, 우리가 먹고사는 온갖 음식에 농약을 친다. 그러지 않으면 먹고살 수가 없으니까. 늘어나는 빚을 감당할 길이 없으니까. 독성이 강한 농약을 마구 뿌려 스스로도 중독이 되어 건강을 해치고 다른 사람도 죽음 속으로 몰아넣는다.

바닷가에 사는 어부는 중금속으로 오염된 미역이나 등뼈가 휜 고기를 건져 올려 시장에 내다 판다. 이미 중금속에 오염되어 살갗이 썩어 가지만, 그래도 산 목에 거미줄 치게 할 수 없으니까 다른 사람도 죽음의 길로 끌어들일 수밖에 없다. 공장이라고 해서 다를 바가 없다. 내가 입고 있는 옷을 만든 청계천 피복 공장 여성 노동자는 콧구멍 속에 맞창이 뚫려 있다.

그러니까 나는 죽음의 질서 속에 깊숙이 편입되어 일 않고 편히 살면서 다른 사람의 생명을 갉아먹고 몸에 죽음을 걸치고 있는 셈이다. 그리고 사실은 그 사람들과 마찬가지로 죽어가고 있는 셈이다.

사람 사는 길이 이처럼 험한 데에는 까닭이 있다. 사람이 워낙 본성적으로 다른 사람은 아랑곳없이 저 살 길만 찾으니까 그렇다고? 아니다. 아니지. 저 죽을 구덩이 제가 파는 줄 모르고, 남을 짓밟고 남의 몫을 가로채야 저 잘 사는 줄 알고 있기 때문이다.

농부가 퇴비를 쓰고 농약을 치지 않아도 거기에서 생기는 소득으로 사람답게 살 수 있다면 구태여 위험을 무릅쓰고 농약을 칠 까닭이 없다. 노동자가 일하는 공장 임자가 노동력을 착취하지 않는다면, 오늘날 노동자처럼 수은이나 카드뮴 중독에 걸릴 일도 없을 것이다. 기껏 애써서 죽을 둥 살 둥 일해보았자 사람답게 살기는커녕 목구멍에 풀칠하기도 어려워 개돼지가 부러운 사람이 한둘이 아닌 세상이 어찌 사람다운 사람들이 사람답게 사는 사회라고 할 수 있겠는가?

모두가 사람답게 살려면 억누르는 사람도, 빼앗는 사람도 없는 세상을 만들어야 한다. 이 세상에 억누르고 빼앗는 사람의 집단과 억눌리고 빼앗기는 사람의 집단이 있으면 어느 집단의 사람이라고 가릴 것 없이 모두 짐승이 된다. 그 중에 먼저 짐승이 되는 집단은 억누르고 빼앗는 집단이다. 아니, 짐승만도 못하다. 짐승들은 적어도 제 종족을 잡아먹지는 않으니까.

이 사람들은 자신이 짐승인지 모르기 때문에 마치 사람답게 잘 살고 있는 것처럼 거드럭거린다. 억압과 착취라는 죽음의 질서를 삶의 질서로 바꿀 생각이 없다. 이 사람들을 짐승의 상태에서 사람의 모습으로 바꾸는 일은 억눌리고 빼앗기는 사람들에게 맡겨져 있다. 스스로 짐승이기를 거부하고, 억압과 착취가 없는 자유롭고 평등한 세상에서 사람답게 살 길을 모색하는 과정에서만이 스스로 짐승의 상태에서 벗어날 뿐만 아니라 상대방도 사람으로 만드는 길이다. 우리는 이것이 다 같이 사람답게 잘 사는 길이라고 한다.

나누고 또 나눕시다

올해 농사가 대풍이다. 변산에 농사지으러 들어온 지 10년인데, 올해처럼 거의 모든 농사가 고루 잘 되어본 적이 없다. 벼농사를 비롯해서 여남은 가지가 넘는 콩 농사에 이르기까지 어쩌면 이렇게 알차게 영글었는지 신기하기만 하다. 10년이나 되니까 농사일에 이골이 나서 잘 지은 게 아니냐고? 아니다. 농사일에서는 아직 열 살배기 철부지에다가 '무늬만 농사꾼'이라고 놀려도 할 말이 없을 만큼 제대로 땅에 뿌리를 내리지 못하고 있다.

올해 우리 농사가 잘 된 것은 하늘의 도움이다. 유난히 해 비추는 날이 많은 여름과 가을이었다. 한때는 하도 비가 내리지 않아 콩 농사 다 망하는 줄 알았다. 밀, 보리 후작으로 콩을 심었는데, 시기가 조금 늦은 데다가 비까지 오지 않으니 모종한 콩은 몸살을 하느라고 자라지 않고, 심은 콩은 싹이 제때 트지 못해 '아이고, 동네 고추농사 다 잘 되는데 우리 것만 비루먹은 망아지처럼 비리비리해 이 고추밭에서 고추 몇 근이나 딸라나 걱정인데, 이제 콩 농사까지 팔을 들면 올해 된장, 간장은 어떻게 담을꼬?' 걱정이 태산이었다.

그런데 웬걸, 콩 농사 거의 포기하다시피 한 순간에 하느님이 비로 바뀌어 콩 꽃마다 진주보다 더 고운 물방울로 수북이 열리더니, 웃자라지도 않고 덜 자라지도 않고 탱글탱글한 콩으로 둔갑하지 않는가. 그뿐이 아니다. 동네 고추밭 고추는 끝물이 되면서 역병에 걸려 죄다 말라죽어 가는데 우리 고추는 하나도 죽지 않고 서리 내릴 때까지 버티면서 익은 고추, 풋고추 심심치 않게 매달아 10년 만에 염장 고추를 두 항아리나 담을 수 있었다.

밀, 보리, 조, 기장, 수수, 메밀, 고구마, 메주콩, 찰콩, 콩나물콩, 쥐눈이콩, 서리태, 흰팥, 검정팥, 붉은팥, 녹두, 동부, 제비콩, 강낭콩, 땅콩……. 주곡만 하더라도 자루마다 그득그득하다. 보리, 도토리, 작은책 식구들에, 서울교육대학교를 비롯한 여러 학교 농활 팀까지 와서 손모로 심은 우리 논에서 메벼뿐만 아니라 찰벼, 검정쌀(흑미), 연두쌀(녹미)까지 잘 자라주어 유기농가 중에서뿐만 아니라 관행농을 한 논에서보다 더 소출이 많았다.

자, 이렇게 농사는 하느님이 짓고 일손 도우러 온 손님들이 지었으니, 이 많은 곡식들을 어찌 '내 것'이라고 할 수 있겠는가? 전에도 무의탁 노인들이나 몸에 장애가 있는 분들을 돌보는 단체 한두 군데에 우리가 농사지은 쌀을 일반미와 같은 값을 받고 판 적이 있었지만, 따지고 보면 '눈 가리고 아웅'인 셈이다.

식구들과 이런 이야기를 나누었다.

상품경제 사회에서 곡식도 다른 물건처럼 환금가치를 가지고 있어서 수요공급의 원칙에 따라 마음대로 사고팔고 저장하거나 버릴 수조차 있는 것으로 여길 줄 모르지만, 그것은 화폐(돈)가 사이에 들어 농사일의 본모습을 가리는 것에 지나지 않는다. 농산물은 유기물이고, 쉽사리 썩지도 변하지도 않는 물질이나 무한히 축적할 수 있고 대대로 물려줄 수도 있는 금융자산과는 달리 길게 보관할 수 없다. 다시 말해서 농산물은 그 자체가 생명이고 생명체들의 상호 연관에서 빚어진 땅의 하느님이시다. 욕심을 부려서 나누지 않고 끌어안고 있거나 쌓아두면 썩어버린다. 농사꾼은 기본 바탕에서 나누는 사람이다. 농심이 천심이라 함은 바로 농사꾼의 이런 모습을 두고 이름이다.

올해 들어 나눔에 대한 고민이 깊어진다. 다 알다시피 도시에 사는 분들 사이에 건강한 먹을 것에 대한 관심이 부쩍 커지고 있다. 우리처럼 농약, 제초제, 화학비료뿐만 아니라 외부에서 만든 퇴비까지 쓰지 않고 비닐 없는 옛날 농사를 짓는 농가가 흔치 않아서 우리가 지은 농산물을 '비싼 값'을 치르고 사서 드시는 분들도 꾸준히 늘고 있다. 고마운 일이지만 다른 한편으로 '누가 도시에서 가장 건강하지 못한 환경에 처해 있는가? 누구 밥상에 맨 먼저 우리가 거둔 주곡이나 간장, 된장을 올리는 게 우리 마음을 편하게 하고 나누는 기쁨을 더 키울 수 있는가?' 하고 자문을 하면, 떳떳하지 못하다는 느낌이 들 때가 많다. 그래서 심지어 이런 생각까지 해보았다.

현재 유기농산물 거래 체계로는 정작 건강을 지켜야 할 도시 서민 계층에게 건강한 식품을 제공할 길이 없다. 출신으로 보나 현실 이해관계로 보나 농민이 기대고 연대해야 할 사람들은 도시 노동자, 빈민 중심의 서민들이고, 농촌에 일손을 도우러 와서 몸으로 때울 사람들도 이 사람들이다.

이 사람들이 누구보다 더 청정하고 건강한 식품을 먹어야 한다. 그런데 현실은 거꾸로다. 노농연대의 구체 방안으로 도시 서민들이 유기농산물을 일반 농산물 값과 같거나 거의 차이가 없는 값을 치르고 살 수 있는 직판장을 여는 길을 찾아보자.

이를테면 도시 어느 지역에 시범으로 유기농산물 직판장을 열고, 소득이 얼마 이하인 가계만을 조합원으로 가입시켜 조합원 카드를 가진 이들한테 일반 농산물 값으로 건강한 식품을 제공한다. 직판장은 그 지역에 사는 사람들의 자원봉사로 운영한다. 자원봉사자들은 생업이 따로 있어야 하므로 출근 전 한두 시간, 퇴근 뒤 한두 시간을 내서 직판장을 꾸린다. 다만 토요일이나 일요일에 쉬는 직장에 있는 사람들이 있을 테니까 토요일과 일요일은 직판장을 더 긴 시간 열 수 있겠지. 그 지역 직판장을 이용할 서민이 사는 거리는 반경 500미터를 넘지 않는 게 좋을 거야. 그래야 걸어와서 물건을 살 테니까.

혼식을 원칙으로 해야 할 테니까 쌀, 현미, 잡곡을 고루 섞어 팔고, 집집마다 하루에 필요한 음식, 한 달에 필요한 음식 양을 품목별로 정해 그 한도를 넘어서지 않게 조절하는 꽤 까다로운 일도 뒤따를지 몰라. 팔다 남은 것이 있으면 그 지역 무의탁 노인이나 빈민들에게 밥을 지어 나누어드리는 건 어떨까? 그럴 수 있는 공간도 직판장 한구석에 미리부터 남겨놓는 길도 찾아볼 필요가 있겠군.

그런데 유기농가에 이런 일에 동참할 여력이 있을까? 어차피 도시 빈민의 생계비를 정부에서 보조하는 사례가 있으니까 농민들의 생산비에 그 보조금을 보태서 공급하면? 미친 척하고 변산 공동체 이름 걸고 한번 저질러봐? 만일에 이 일이 공동육아처럼 확산이 되면 정말 건강한 노농연대

더하기 자원봉사자 연대까지 이루어져 '아름다운 재단'보다 더 '싱싱한 밥상 공동체'가 자리 잡을 수도 있을 듯한데…….

나의 이런 생각이 부질없는 잡념으로 끝나지 않으면 좋겠다. 실제로 독일 같은 곳에서는 이런 운동이 일어나고 널리 퍼져나간다는 말도 들린다. 부시가 미국 대통령에 재선되어 패권으로 세상 질서를 바꾸려는 제국주의 야심을 더 노골화하고, 중국이 시장사회주의라는 벼랑을 향해 천방지축으로 달리는 판에, 앞으로 몇 년 안 가서 핵무기나 '어머니 폭탄(Mother Bomb)' 같은 첨단 무기보다 식량 무기가 훨씬 더 큰 무기가 될 것이라는 불길한 생각을 지울 길이 없다. 지금은 중국이 철강이나 기름 같은 공산품만 빨아들이지만, 머지않아 세계의 곡식을 다 빨아들이는 '검은 구멍(black hole)'으로 바뀔 수밖에 없고, 그렇게 되면 미국이나 유럽의 자본주의 국가들은 '식량 무기'라는 가공할 무기를 휘둘러 세상의 가난한 나라들을 하나하나 무릎을 꿇릴 게 뻔하다.

젊은이들이 한시바삐 농촌으로 돌아와 이 재난에 대비해야겠는데, 아, 이 땅에 다가오는 재난을 바로 볼 밝은 눈 가진 이가 드무니, 나 같은 무지렁이가 이렇게 주제 모르고 횡설수설할 수밖에 없나 보다.

나누자. 식량도 나누고, 일손도 나누고, 생명이 깃든 것을 모두 나누고 또 나누자. 쌓아두었다가 썩혀서 이웃도 죽이고 스스로도 덩달아 죽는 길보다 나누어서 함께 살 길을 찾는 게 진짜 '생명연대'가 아니겠는가?

젊은이들이여, 아직 늦지 않았다. 여러분 손으로 죽어가는 땅, 죽어가는 내 나라, 죽어가는 온 세상 살릴 수 있다. 모든 일 그 자리에서 접고 시골에 와 농사짓는 결단을 내리는 게 얼마나 행복한 선택인지 의심스럽다면 귀농한 선배들에게 물어보라. 나에게 묻는다면 지난 10년이 어린 시절 못지않게 나에게는 하루하루가 행복으로 누벼진 나날이었다.

나, 원, 꼴 같지 않은 놈들 같으니라고!

'나, 원, 꼴 같지 않은 놈들 같으니라고!'

올해로 농사짓기 시작한 지 꼬박 열 해가 넘었다. 아직도 풋내기에다 무늬만 농사꾼이지만, 열 살짜리 철든 농사꾼 있다는 말 들어보았는가? 당연히 아직 철모르는 농사꾼이다. 그러니 무슨 말을 하려고 해도 조심이 앞선다. 더더구나 '낮말 듣는 새' 나 '밤말 듣는 쥐' 보다 더 무서운 '짭새' 나 '중앙정보부', '안기부' 의 '프락쥐' 들에 둘러싸여 살던 시절이 30년이 넘으니, 그러지 않아도 될 일에도 입조심이 버릇으로 굳었다.

그래도 할 말은 해야겠다. 듣자 하니 정부와 국회가 돈 많은 도시내기들과 짜고 들어 '부재지주' 를 양산해내서 '전 농민의 소작농화' 를 꾀하고 있다는데, 내 경험을 본보기 삼아 이야기하면서 제발 그러지 말라고 부탁하고 싶다.

나와 우리 변산 공동체 식구들이 전북 부안군 변산면 운산리에 처음 터를 잡은 해가 1995년이다. 그해 5월부터 올해까지 10년 동안 우리는 부안 김씨 시조를 모시는 재실의 재지기 노릇을 하면서 재실 논밭을 부쳐 먹는 소작농살이(반은 종살이라고 해야겠지.)를 했다.

유기농법을 '삼무농법'이라고도 하는데, 이때 '삼무'는 공장에서 나오는 화학비료 안 쓰고, 제초제 안 쓰고, 농약 안 쓰는 무화학비료, 무제초제, 무농약을 가리킨다. 우리는 이 '삼무' 농법에서 한 걸음 더 나아가 그야말로 '오무농법'으로 농사를 지었다. 밭에 비닐 안 깔고(무비닐), 농협 같은 곳에서도 보급하는 축산퇴비 안 쓰는(무유기질 비료) 고집까지 부린 것이다. 지금도 그렇다. 그러다 보니 화학비료에, 제초제에, 농약에, 항생제, 방부제 섞인 사료로 빚어진 짐승 똥으로 만든 유기질 비료에, 비닐 멀칭에 죽고 병들고 썩어가는 땅을 되살리는 일에 들이는 품이 오죽이나 할까.

이렇게 해서 10년에 걸쳐 우리는 우리가 짓는 부안 김씨 대종회재실 논밭을 보란 듯이 되살려놓았다. 논에는 우렁이, 미꾸라지, 거머리가 되돌아오고, 밭에서는 더 희한한 일이 벌어졌다. 운산리 인근 밭(어찌 운산리뿐이랴.)이 병들어 요 몇 해 동안 고춧대가 다 말라죽는데도 우리 밭에 서 있는 고춧대는 끄떡없이 푸름을 지키고 있어 동네 안팎 어르신들이 "어허, 저것 좀 보소. 농사라고는 '농' 자도 모르는 젊은것들이 사시장철 땅바닥에 엎드려 있더니, 땅심을 되돌려놓았구먼."이라며 혀를 내두르는 '기적(?)'이 일어난 것이다. 그럴 수밖에. 우리가 한겨울에도 산에 올라가 부엽토를 긁어모으고, 저수지 바닥이 드러나기 무섭게 바닥에 쌓인 썩은 나뭇잎을 자루에 담아 나르는 일을 10년이나 해왔는데, 그러고도 땅이 되살아나지 않으면 그게 도리어 이상한 일이겠지.

여기에서 글을 맺으면 '해피엔딩'인지, '그래서 잘 먹고 잘 살았다더라'로 끝나는 '육전소설'인지가 되겠지. 그러나 '해피엔딩'이 아니라 '해피엔드' 로 끝나고 말았다. 최민식이 나오는 영화 제목 '해피엔드' 말이다. 우리가 되살려놓은 재실 땅에 욕심이 생긴 부안 김씨 가문 종친회에서 짜고 들어 하루아침에 '힘없는 재지기' 등 떠밀어내고, '종씨' 한테 그 땅 내줄 음모(?)를 꾸민 것이다. 버틸 만큼 버티고, 빌 만큼 빌고, 공동체 안식구들이 젖먹이 둘러업고, 어린것 손 끌고 종친회 사무실이 있는 부안 읍내까지 먼 길 찾아가서 애걸복걸해도 소용이 없었다.

이러니 어느 시러베아들놈이 남의 땅을 되살리는 데 힘을 기울이려고 들 것인가. '부재지주' 란 옛날에만 가증스러운 '지주놈' 이 아니었고, 지금도 마찬가지다. 우리가 사는 시골구석까지 찬찬히 살펴보면 '서울놈들' 땅이 절반도 넘고, 이 땅은 수시로 임자가 바뀌어 농사꾼들은 해마다 '올해 땅을 떼이나, 내년에 떼이나' 하는 걱정에 땅 살릴 엄두는커녕, 한 해만 빌어먹고 그만둘 요량으로 비닐도 걷어내지 않고 '로타리쳐버리는' 일까지 생기는 판국이다.

'땅에 어찌 내 땅이 있고, 네 땅이 있을쏘냐. 경자유전(耕者有田)이라, 농사짓는 사람이 농사지을 힘이 있을 때까지만 벌어먹고, 힘겨우면 젊은것들한테 넘겨주어야지.' 하는 마음으로 농사지어도, 요즘 세상 꼴이 예순, 일흔 넘은 늙은이 한 사람이 농사지어 도시에 사는 젊은것들 스무 명을 먹여 살리는 것을 빤히 보면서도 나 몰라라 하는 판이다.

그런데 이제 아예 드러내놓고 온 도시놈들 '부재지주화' 에, 시골 늙은이들 땅 빼앗고, 모처럼 귀농해서 유기농으로 땅 살리려는 갸륵한 마음마저 짓밟아, '온 농민 종살이화' 도 모자라, 아예 '모든 땅 황

무지화'가 빤한 짓에 발 벗고 나선단 말이냐? 네, 이, 천벌을 받을 놈들아! 어서 옷 벗어라. 그리고 정부청사에서, 여의도 국회의사당에서 기어 나오너라. 나와서 이 늙은이하고 변산에서 땀 흘려 농사짓자. 농사지으면서 땅님에게 울고 불면서 잘못했다고 빌어도 시원찮을 판국이다.

나, 원, 꼴 같지 않은 놈들 같으니라고!

죽음의 고통 속에서 수레를 만들자

물이 넓고 깊어야 큰 배를 띄울 수 있듯이 수레가 커야 짐을 많이 실을 수 있다. 우리나라에 들어온 불교는 대승불교라고 하는데, 이 '대승'이 바로 '큰 수레'를 일컫는 이름이라고 들었다. 수레의 쓰임은 짐을 싣는 데 있다. 욕심대로 되는 일이라면 누구든지 큰 수레에 많은 짐을 실어 한꺼번에 나르고 싶을 것이다. 그러나 큰 수레를 만들려면 그만큼 힘이 든다. 바퀴살, 굴대에서부터 짐 싣는 널빤지까지 크고 단단해야 한다. 가까운 길이라면 조그마한 손수레로 조금씩 짐을 실어 여러 번 나르는 게 더 나을 수도 있다.

우리나라 사람들이 워낙 큰 것을 좋아하고, 따라서 소리를 쳐도 잔소리보다는 큰소리치기를 좋아한다는 사실은 널리 알려져 있다. 오죽이나 큰 것을 좋아하면 조그마한 분식집에 '우주식품'이라고 간판을 붙이겠으며, 구멍가게에서 '세계연쇄점'이라는 상호를 내걸었겠는가? 신문사 이름들도 마찬가지다. 한겨레, 조선, 한국, 중앙, 동아, 세계 …… 모두 큼직큼직하지 않은가?

우리 조상들이라고 해서 크게 다를 바가 없었을 테니, 우리나라에 만일에 '대승' 불교와 '소승' 불교가 한꺼번에 들어왔더라도 두말 할 것 없이 큰 쪽인 대승불교를 선택했을 것이다. 자, 큰 것으로 고르기는 했는데, 이 수레가 완제품으로 수입된 것이 아니고 설계도만 손에 넣은 셈이다. 그러니까 이 설계도에 따라 큰 수레를 만들어야 한다. 그런데 이 수레의 용도가 무엇이겠는가? 아까 수레의 쓰임은 짐 싣는데 있다고 했지만, 무슨 짐인지가 문제이다.

여러 말 할 것 없다. 이론이 밝은 학승이나 생각이 깊은 선승들이 어떻게 표현하든 간에 그 짐이란 것은 뻔한 것이다. 중생의 고통이다. 그러니까 불제자가 만들어야 하는 큰 수레는 중생의 고통을 실을 수 있는 것이어야 한다. 그런데 이 세상에 무게로 따지면 고통만큼 무거운 것이 없다. 이 엄청난 고통의 중압감에 짜부라지지 않게 만들려면 여간 힘든 일이 아닐 것이다.

중생의 고통을 모두 받아들이되 그 고통의 무게에 흔들리지 않는 마음을 벼려내는 일, 이것이 큰 수레를 만드는 출발이다. 부처님께서는 성문 안에서는 담벼락 때문에 보이지 않은 고통의 현장을 성문 밖에 나가 직접 보았고, 이것이 출가의 동기가 되었다. 부처님 시절이나 마찬가지로 오늘날에도 고통은 대부분의 경우 은폐되어 있다. 물질의 벽과 마음의 벽이 고통의 전달 경로를 곳곳에서 차단하고 있다. 그래서 우리는 어머니가 방 안에 연탄불을 피워놓고 자식들의 손을 쥐고 죽고 난 뒤에야, 아들이 식칼로 제 발바닥과 발등을 찌르고 나서 짐승처럼 울부짖으며 고층 아파트 창밖으로 몸을 던지고 난 뒤에야, 노동자들이 머리에 질끈 띠를 동이고 어깨를 걸고 거리로 뛰쳐나오거나, 농민들이 대지에 발을 딛는 대신에 여의도 광장 아스팔트 위에서 아프게 발을 굴러댈 때에야 비로소 중생의 고통을 확인하게 된다.

중생의 고통을 차단하는 벽 가운데 가장 두꺼운 벽은 '산문(山門)'이라고 불리는 것이다. 새 소리와 바람 소리, 물 흐르는 소리로 둘러싸인 산문은 중생의 고통에게서 가장 먼 곳이다. 물론 부처님도 중생이 고통 받는 곳에서 멀찌감치 떨어진 곳에 계셨던 적이 있다. '입산수도'의 과정에서 그랬다. 그러나 그 과정은 비록 겉으로는 중생의 고통에서 멀어진 과정이었지만, 속을 들여다보면 중생의 모든 고통을 실을 수레를 만드는 과정이었다. 부처님은 당신 몸에, 당신 마음에 극한적인 고통을 가함으로써 중생들의 고통에 민감하게 반응할 수 있는 전도체로 자신의 몸과 마음을 벼렸다.

보통 우리 몸과 마음은 다른 생명체의 고통에게서 절연되어 있다. 그러니까 일반적으로 우리 몸과 마음은 타인의 고통에 대해서 절연체인 것이다. 이 절연체를 전도체로 바꾸기 위해서 우리는 끊임없이 자신을 고통의 중심에 두어야 한다. 고통을 겪어야 한다. 부처님의 설산수행이나 예수님의 사막생활이나 모두 중생들로서는 감내할 수 없는 극한적인 고통을 스스로에게 부과하고, 그것을 이겨냄으로써 중생의 고통을 아우르는 과정이었다. 눈빛만 보아도 가슴이 아프고, 언뜻 스치는 조그마한 한숨만 들어도 살이 떨리는 예민한 넋과 살은 이렇게 해서 빚어진 것이다.

많은 사람들이 '입산수도'에 대해서 잘못 생각하고 있다. 예수님이 사막에 들어간 까닭은 그곳이 가장 죽음과 가까운 곳이었기 때문이다. 아무도 가려고 들지 않는 고통의 중심이었기 때문이다. 마찬가지로 부처님이 설산에 들어간 것은 그곳이 아무도 살 수가 없는 곳이었기 때문이다. 산 좋고 물 맑은 곳이어서 그곳에 들어간 것이 아니라,

순간순간 죽음의 그림자가 몸과 마음을 둘러싸는 끔찍한 지옥이었기 때문이다. 내가 요즈음의 '산문'이 고통을 차단하는 벽이라고 이야기 한 것은 지금은 산에 죽음이 없기 때문이다. 부처님의 몸을 할퀸 굶주림과 추위도 없고, 부처님의 넋을 흩어놓은 이 세상에 오직 나밖에 없음으로 나타나는 무서운 고독도 없기 때문이다.

큰 수레는 고통 속에서 만들어진다. 죽음의 고통 속에서 빚어진다. 그런데 그 고통의 중심이 어디에 있을까? 사막에 있을까? 설산에 있을까? 그렇지 않다. 그 고통의 중심은 이제 민중의 구체적인 삶의 현장에 놓여 있다. 만일에 오늘날 부처님이 환생하신다면 그분은 어디에서 수도하시겠는가?

나는 전태일 같은 사람을 부처에 가까운 분이라고 생각한다. 그분이 청계천 피복 공장으로 간 것은 그곳이 고통의 중심이었기 때문일 것이다. 그곳에 죽음이 도사리고 있었기 때문일 것이다. 요즈음 예수님의 행적을 그대로 본받고자 하는 많은 기독교인들이, '수사(修士)'나 '수녀'라고 불리는 사람들이 제복을 벗고 작업복을 걸친 채 공장에 들어간다고 한다. 깎은 머리, 물들인 옷이 고통의 표시가 아니라면, 우리 스님들도 머리 다시 기르고 평복을 입고 땀 흘려 일하는 속에서 고통을 찾아야 한다.

상수리나무의 훈장

우리 학교 교정에는 상수리나무들이 있다. 2층 건물보다 훨씬 더 높이 자란 나무들인데, 나무마다 어른 가슴쯤 되는 곳에 상처를 안고 있다.

상수리가 익어 저절로 떨어지는 가을이 되기를 기다릴 마음의 여유가 없는 어른들이 커다란 돌멩이로 나무를 짓찧은 다음 흔들어대서 우수수 우수수 상수리를 떨어뜨리느라고 만든 상처다. 그렇게라도 해서 손쉽게 도토리묵 감을 얻으려는 사람들의 뜻이 헤아려지기는 하지만, 그래도 잔인하다는 느낌은 지울 수 없다. 그러나 내가 하려는 이야기는 사람들의 잔인함을 나무라는 것과는 거리가 멀다.

상처 입은 나무들을 보노라면 안쓰러운 느낌과 함께 한편으로는 뿌듯한 감동이 가슴을 채운다. 이 나무들은 해마다 상처를 입으면서 수십 년을 그렇게 살아왔다. 살아오면서, 상처 입어 드러난 뼈를 감쌀 새로운 살을 키워왔다. 그래서 나처럼 상처 둘레를 다른 어떤 곳보다 더 두껍게 살로 감싸, 언뜻 보면 흉측스러운 모습을 지니고 있다. 그러나 과연 그 모습을 흉측하다고만 보아야 할까? 내 눈에는 그 상처 자국이 상수리나무의 생명력을 보여주는 위대한 승리의 자취로 보인다.

장님이 아니라고 해서 반드시 세상을 올바로 본다는 법은 없다. 도리어 마음의 눈이 열리지 않으면 앞 못 보는 사람보다 훨씬 더 진실을 보기 힘든 이들이 '눈 뜬 장님' 들이다. 보기 하나를 들어보겠다. 사람들 가운데 소아마비에 걸려 다리를 저는 분을 '절름발이', 척추에 손상을 입어 등이 휜 분을 '곱사등이', 귀에 이상이 생겨 잘 듣지 못하는 분을 '귀머거리' 라고 부르며 깔보거나 놀리거나 동정을 가장한 우월감을 드러내는 이들이 있다. 겉으로 드러나 보이는 신체적, 정신적 장애가, 사실은 밖에서 주어진 손상에 대한 투쟁 끝에 장애인들의 생명력이 얻어낸 '승리의 표시' 임을 이 사람들은 알지 못하는 것이다.

내가 무척 존경하고 좋아하는 분들 가운데 장애인이 두 분 있다. 한 분은 척추에 이상이 있는 분이다. 결핵성인데 아직도 진행 중이어서 척추에 금속으로 만든 봉을 끼우고 사는데도 해마다 목 가누기가 점점 힘들어지는 분이다. 그러나 이분의 정신적인 건강은 여느 사람보다 더 튼튼해서 나를 포함한 주변 사람들을 날마다 부끄러움에 젖게 한다. 또 한 분은 아주 심한 소아마비로, 목발로만 몸의 균형을 유지할 수 있는 분이다. 그러나 이분의 활동력은 두 발이 성한 사람도 혀를 내두를 정도로 왕성하다.

굳이 헬렌 켈러의 이야기를 거울삼지 않더라도 장애인들이 장애를 극복하는 과정에서 인간의 신체적, 정신적 능력을 심화시키고 고양시켜온 측면을 살펴보면 놀라운 바가 많다. 눈이 안 보이는 분들의 예민한 촉각은 신비에 가까울 정도로 뛰어나다. 이분들이 없었다면 인간의 촉각이 그렇게 큰 잠재력을 지녔으리라는 것은 상상조차 못했을 것이다. 귀가 안 들리는 분들의 시각이 보여주는 관찰력도 마찬가지다. 이분들은 정상인이라고 자처하는 사람들을 뛰어넘는 예민한 시각 능력을 계발함으로써 인간이 가지고 있는 잠재 능력의 크기를 확대하고 심화시키는 데 도움을 주어왔다.

이런 생각을 해본다. 올림픽 경기라는 것은 정상인이라고 자처하는 사람들이 자신들의 신체적 능력을 기르는 방편으로 만들어낸 측면이 있다. 이런 경기에 장애인들도 참여하여 장애가 없는 사람에 못지않은 능력을 지니고 있다는 것을 보여준다는 점에서는 장애인 올림픽이 얼마쯤 기여하는 점도 있지만, 더 깊이 생각하면 이런 경기보다 장애인들의 참된 능력을 보여주는 더 훌륭한 경기가 있을 법도 하다.

그러니까 예를 들면 감촉을 통하여 여러 가지 비슷하면서도 다른 물건들을 구별해내는 법을 장애가 없는 사람과 겨루게 한다든지, 표정과 입술 움직이는 모습만 보고도 어떤 내용의 이야기를 하고 있는지 알아맞히게 한다든지, 장애인들이 자기의 잠재력을 일깨워 장애가 없는 사람들로서는 다다르기 어려운 신체적, 정신적 능력의 고양된 상태를 보여줄 수 있는 그런 경기 말이다.

장애가 없는 사람으로 하여금 장애인들과 같은 상태에서 살아보게 하는 것도 장애인들을 이해하는 데 있어 좋은 방법일 듯하다. 이를테면 청각 장애인들의 어려움을 이해하기 위하여 말을 하지 않고 의사소통을 하도록 해보면 어떻겠는가? 또 시각 장애인들의 고충을 알기 위하여 눈을 감고 길을 찾아가도록 해보면 어떻겠는가? 이런 경험을 통해서 장애가 없는 사람들은 장애인들이 얼마나 어려운 조건 속에서 생활하고 있는지, 또 그런 악조건 속에서도 얼마나 열심히 살아가고 있는지 깨우치고 자신을 되돌아볼 기회를 가지게 될 것이다.

요즘 세상에는 겉으로 보면 멀쩡한 것 같아도 저마다 몸과 마음에 아픔이 없는 사람이 없다. 이 아픔이 개인적인 아픔으로만 끝나면 큰 가치가 없지만, 내 아픔을 통해서 남의 아픔을 이해하게 되면 그만큼 사랑도 깊어지고 이해력의 폭도 넓어진다. 장애인들은 바로 이 아픔을 통해서 사랑도 배우고 슬기도 키우는 사람들이다.

청각 장애인의 사정을 가장 잘 아는 사람은 바로 청각 장애인이다. 보통 사람은 청각 장애인에게 편견을 가질 수 있다. 그러나 청각 장애인에게는 동료에 대한 이런 편견이 없다. 인간성이 그 편견을 극복할 만큼 넉넉해지고, 마음도 그만큼 따뜻한 셈이다. 시각 장애인이나 그 밖의 장애를 지닌 분들의 경우도 마찬가지다. 고통 속에서 가꾼 사랑만이 참된 사랑일 수 있고 아픔 속에서 얻은 깨우침만이 값있는 깨우침일 수 있다면, 장애인들이야말로 참사랑과 값진 깨우침을 몸으로 익힌 사람들이라고 할 수 있을 것이다.

다시 상처 입은 상수리나무가 눈앞에 떠오른다. 상처 때문에 생긴 그 기형은 그 나무의 부끄러움이 아니라 자랑스러운 승리의 훈장이다.

4

내가 꿈꾸는 공동체

먼저, 있는 그대로 보자

뒤늦게 김수행 선생이 번역한《자본론》을 읽고 놀란 게 있다.《자본론》은 처음부터 끝까지 구체적인 자료를 바탕 삼아 쓴 글이라는 점이다. 읽으면서 나를 가르친 스승이 평소에 늘 하시던 말씀이 떠올랐다. '철학은 구체적인 자료를 통틀어놓은 것이다. 구체적인 자료를 바탕에 깔지 않은 이론이나 사상은 모래탑에 지나지 않는다.' 일반화나 추상이 구체적인 자료에서 뽑아 올린 것이 아닐 때는 그야말로 구름밥 먹고 무지개똥 싸는 것에 지나지 않는다는 생각이 가슴을 쳤다.

사실이 있어야 진리도 있다. 사실이 없으면 진리도 없다. 나는 '사실주의(리얼리즘)' 가 무엇인지 잘 모른다. 언뜻 생각하면 사실주의적 접근 방법이라는 것은 '있는 그대로 보는 법' 이라고 할 수가 있겠다. 어떤 것을 있는 그대로 보는 것을 넘어서서 그것이 과연 '있어야 할 것' 이냐 '없어야 할 것' 이냐를 가리고, '있어야 할 것' 이면 있게 하고 '없어야 할 것' 이면 없애는 일(이것을 노동이라고 불러도 되고 실천이라고 불러도 좋을 것이다.)과 연관시켜서 보아야 한다.

사실을 밝히는 것이 곧 진리는 아니다. 형식으로만 따지면 '진리' 는 '참' 이고, '진리' 를 말하는 것은 '참말' 을 하는 것이다. 거꾸로 '허위' 는 거짓이고, '허위' 를 말하는 것은 '거짓말' 을 하는 것이다. 그러면 '참말' , 그러니까 말로 드러난 '진리' 란 어떤 것일까? 이것도 형식으로 따지면 어려울 게 없다. '있는 것을 있다고 하고 없는 것을 없다고 하는 것' 이 참말이다. 또 '무엇을 무엇이라고 하고 무엇이 아닌 것을 무엇이 아니라고 하는 것' (이를테면 책상을 책상이라고 하고 책상이 아닌 것을 책상이 아니라고 하는 것)이 참말이다. 거꾸로 '거짓말' , 그러니까 말로 드러난 '허위' 는 '없는 것을 있다고 하거나 있는 것을 없다고 하는 것' 이다. 또 '무엇이 아닌 것을 무엇이라고 하거나 무엇인 것을 무엇이 아니라고 하는 것' (이를테면 걸상을 책상이라고 하거나 책상을 걸상이라고 하는 것)이다.

구체적인 자료가 없을 때는 참말과 거짓말, 또 말로 드러나는 진리와 허위가 뒤섞이기 쉽다. 말로만 옳고 그름을 따지는 것이 부질없는 까닭은, 어떤 사람이 '개는 닭이다.' 하고 말할 때 '왜 개가 닭이냐? 당신 말이 틀렸다.' 하고 반박하는 순간에 그 사람이 곧 말꼬리를 돌려서 '나는 개라는 말로 개처럼 사나운 닭을 가리키고 있었다.' 고 할 수 있기 때문이다. 이론 투쟁도 마찬가지다. 이론이 현실과 거리가 있을 때는 이른바 '이론적 조작' 에 의지해서 얼마든지 상대방의 이론을 뒤집어엎을 수 있다. 그러나 해결해야 하는 구체적인 문제가 눈앞에 있을 때는 이야기가 달라진다. 현실 문제가 어떤 이론에 따라 실천으로 해결되면 그 이론은 옳은 것이고, 해결되지 않으면 그릇된 것이다. 그렇기 때문에 이론 작업은 구체적인 자료의 바탕 위에서 이루어져야 한다. 그러지 않은 모든 이론 작업은 공리공론에 지나지 않다.

우리가 '참' 과 '거짓' 을 가리려고 애쓰는 것은, 다시 말해서 '있는 것을 있다고 하고 없는 것을 없다고 하는 것' 이 중요한 까닭은 '있는 것' 과 '없는 것' 을 분명하게 가려야만 다음으로 그것이 정말 있어야 할 것이냐 없애야 할 것이냐를 판가름할 수 있기 때문이다. 지금 있는 것이 반드시 좋은 것이라고 할 수 없고, 지금 없는 것이 반드시 나쁜 것이라고 할 수도 없다. 이를테면 우리 사회에는 '억압' 이 있다. '착취' 도 있고, '탐욕' 이나 '이기심' 도 있고, '자본' 이나 '전쟁' 도 있다. 그렇다고 해서 억압이나 착취나 탐욕이나 이기심이나 자본이나 전쟁이 꼭 '있어야 할 것' 은 아니다. 이런 것은 지금 있지만 '없어야 할 것' 이다. 거꾸로 우리 사회에는 자유도, 평등도, 평화도, 우애도, 협동도 없거나, 있다고 해도 아주 조금밖에는 없다. 이런 것은 지금 없지만 '있게 만들어야 할 것' 이다.

'참된 것' 만 찾는 것으로는 부족하고, '좋은 것' 을 찾아야 한다. 그러면 '좋은 것' 이란 어떤 상태에 있는 것을 가리킬까? 큰 틀로 보면 '있어야 할 것이 있고 없어야 할 것이 없는 것' 이 좋은 것이다. 거꾸로 '있어야 할 것이 없거나 없어야 할 것이 있는 것' 이 나쁜 것이다. 우리 사회에는 없어야 할 것들, 이를테면 앞서 말한 억압, 착취, 탐욕, 이기심, 전쟁 같은 것이 있다. 그리고 있어야 할 것들, 이를테면 자유, 평등, 평화, 우애, 협동 같은 것이 없다. 따라서 바른 실천은 억압, 착취, 탐욕, 이기심, 전쟁 같은 것을 없애고 자유, 평등, 평화, 우애 같은 것을 있게 만드는 일이다.

'있어야 할 것이 있고 없어야 할 것이 없는' 세상을 만들려면 '있어야 할 것을 있게' 하고 '없어야 할 것을 없게' 할 사람이 있어야 한다. 바로 일하는 사람들이다. 일하는 사람들은 현실에서 부딪치는 구체적인 생활 문제를 중심에 두고 싸우는 과정에서 지금 있는 것과 없는 것, 앞으로 있어야 할 것과 없애야 할 것을 누구보다 더 잘 파악하기 때문이다. 일하는 사람들이 일로 단련된 그 듬직한 손으로 빚어낼 세상이 좋은 세상임을 믿는 까닭은, 적어도 일하는 사람들이 뜬구름 잡는 소리는 하지 않는다는 것을 알기 때문이다.

숨어서 하는 일

추사 김정희는 우리나라 최고의 명필로 꼽힌다. 그러나 만일에 붓과 먹과 종이가 없었다면 어땠을까? 그래도 우리는 추사가 명필이라는 것을 알 수 있었을까? 아니, 추사가 명필이 될 수 있었을까? 추사도 소중한 문화유산의 창조자이지만, 추사가 쓴 붓과 먹과 종이를 만든 사람도 그에 못지않게 소중한 문화유산의 창조자다.

잡지 편집을 하면서 나는 미술 작업을 하는 사람이 0.1밀리미터쯤 잘못 그려진 직선 하나 때문에 지면 전체를 다시 고치는 장면을 보았다. 또 교정을 다섯 번이나 보고도 책 전체에서 서너 개쯤 틀린 글자가 나오자 밥맛을 잃을 정도로 속상해하는 편집 기자도 보았다.

나도 이런저런 시답지 않은 글을 써서 책으로 낸 적이 있지만, 대부분의 독자들은 그 책을 '쓴 사람'이 있는 줄만 알지, 그 책을 '만든 사람'이 따로 있는 줄은 잊기 쉽다. 생색은 나지 않고 힘만 드는 일을 숨어서 하는 분들이 없었다면 우리 문화는 아직 원시 상태에서 크게 벗어나지 못했을 것이다. '금강산도 식후경'이라는 우리 속담은 우연히 생겨난 것이 아니다. 배가 차야 눈요기할 마음도 생긴다. 상부구조에 속하는 모든 것들, 그 가운데에서도 문화와 예술은 하부구조 위에 서 있는데, 이 하부구조를 지탱하는 사람들은 거개가 숨어서 일하는 사람들이다. 생색내지 않는 사람들이다. 그리고 이 사람들 중에 대표적인 사람들이 노동자, 농민을 필두로 한 근로 대중이다.

요즈음 나는 아이들 그림책 만드는 일을 돕고 있는데, 아이들에게 좋은 그림을 보여주어야 한다는 것을 빙자하여 그림 그리는 분들을 몹시 괴롭히면서 스스로도 괴로운 일이 많다. 그러나 그 결과 좋은 그림이 나올 때는 몹시 즐겁다. 보는 사람들은 모두 화가에게 그 공덕을 돌릴 텐데도 아랑곳없이 즐겁다. 뒤치다꺼리하는 사람이 비록 일은 힘들고 그 성과는 다른 사람에게 돌아갈망정 즐겨 일하는 까닭을 이제야 어렴풋이 알 것 같다.

손님맞이

김복관 선생님이라는 분이 계셔. 이분을 정농회 모임에서 재작년에 처음 뵈었어. 어쩌다 같이 전철을 탔는데 자리가 비어 있는데도 앉을 생각을 안 하시는 거야. 일흔을 훌쩍 넘긴 노인이신데. 이상하더라고. 그래서 나중에 여쭈어보았어. 왜 그러시느냐고. 그랬더니 한참 머뭇거리다 마지못해 대답하셔. 한때 버스나 기차에 빈자리가 나면 남이 앉을세라 얼른 먼저 차지하던 때가 있었다는 거야. 그런데 이렇게 자리 욕심이 생기다 보니 마음이 편치 않으시더라는 거야. 젊은것들이 자리를 차지하고 앉아서 어른이(그 가운데는 자신도 포함되지.) 옆에 서 있는데도 본 척 만 척하는 것도 노엽게 여겨지고, 어린애나 몸이 불편한 사람이 곁에 서 있을 때 평소 같으면 가볍게 일어서서 자리를 내주는 버릇이 붙어 있는데도 자기보다 더 젊은 옆 사람이 일어서야 하지 않나 머리 쓰다 무심히 지나치게 되기도 하고. 이래서는 안 되겠다, 몸 편하고 마음 불편한 것보다 몸이 조금 편치 않더라도 마음 편한 게 더 낫겠다 싶어 어느 땐가부터 자리가 텅텅 비어 있더라도 곧 그 자리를 차지할 사람들이 나타나는 대중교통 수단을 이용할 때는 아예 자리에 눈길을 주지 말자고 마음먹고 그 뒤로는 자리가 나더라도 거들떠보지 않으신다는 거야. 그 말씀을 듣고 어찌나 무안하던지. 그래도 나는 아직 자리 찾는 버릇 못 버리고 있어.

그 김복관 선생님이 떠밀리다시피 해서 정농회 회장을 맡으신 뒤로 겨울 농한기를 틈타 온 나라에 흩어져 있는 정농회 회원들 집을 두루 들르시다가 우리 집에도 들르셨어. 스무 해 남짓 유기농으로 땅을 살리는 농사를 지어온 다른 분들에 견주면 우리야 젖비린내 나는 새내기인데도 힘을 북돋워주시는 뜻에서 먼 길을 오신 거야.

1950년대부터 함석헌 선생님과 함께 농촌에서 공동체를 이루고 살고 싶어 몇 차례 노력을 했는데도 아직 그 꿈을 이루지 못해 응어리로 남아 있다는 말을 언뜻 다른 분에게 들은 기억이 있어서 오신 김에 여쭈어보았지. 둘러 말하지 않고 곧바로 들이댔어. 왜 실패하셨냐고. 그랬더니 경제 자급이 안 되더라고 하시데. 공동체를 한다니까 전국 각지에서 찾아오는 사람들의 발길이 끊이지 않는데, 그 사람들 맞아서 함께 이야기하느라 일손 뺏기고, 밥 먹이고 술 먹여 보내다 보니 일할 틈도 없거니와 그나마 애써 거둔 얼마 안 되는 곡식으로는 감당이 안 되더라는 거야.

뻔하지. 함 선생님이나 김 선생님과 함께 공동체 운동을 하시던 분들이 모두 기독교 박애정신으로 마음의 기둥을 세우신 분들인데, 멀리서 찾아온 손님들을 문전박대하실 수 있었겠어? 당장 내일 끼니가 없어도 내색 않고 환대를 했을 터이고, 그렇게 찾아가서 값진 마음의 양식도 얻고 정성스러운 대접도 받고 간 손님들이 돌아가자마자 다른 사람들에게 자랑을 했을 거 아냐. 거기 가니 정말 사람답게 살고 있더라, 마치 잃어버린 고향에 간 느낌이더라 어쩌고저쩌고. 그 말에 솔깃

해진 사람들이 또 찾아갔을 거고.

그 말씀을 마음에 담아두었지. 그래서 우리 나름으로 손님맞이 원칙을 정했어. 호기심으로 구경 삼아 오는 손님 맞지 말자. 그래도 와 보겠다고 하는 손님이 있으면 줄잡아 사흘 밤 나흘 낮을 함께 땀 흘려 일하고 땀을 식히는 틈이나 밤이 되어 일손을 놓을 때 이야기 나누는 조건을 내세워, 그런 까다로운 주문도 마다하지 않는 분들만 맞아들이자.

이 손님맞이 원칙(?)을 내세우고 지켜온 지 어느덧 세 해째야. 그동안 전화 연락도 없이 멀리서 물어물어 찾아왔다가 찬물 한 그릇 못 얻어 마시고 발길을 돌려야 했던 분들이 어찌 없었겠어. 이름도 얼굴도 모르고 그저 윤모 교수가 여기서 농사지으면서 실험학교인가 뭔가를 준비한다더라는 소문만 믿고 찾아와 나보고 윤 선생 어디 있느냐고 묻는 사람에게 시치미 뚝 떼고 그 양반 지금 출타 중이라고, 며칠 동안 안 돌아오는데 꼭 만나고 싶거든 여기서 3박 4일 동안 함께 일하자 하며 능청을 떤 적도 있는데.

그러니 손님에게 불친절하다는 풍문이 전국 방방곡곡에 퍼져서 이제 내 귀에까지 들어오고 있어. 그런데도 고집스레 이 원칙에 매달리는 까닭이 있어. 어쩌다 내 얼굴을 아는 불한당(우리는 같이 일할 생각 없이 여러 가지 명분을 내세우면서 원칙을 무시하고 쳐들어오는 손님들을 '땀 안 흘리는 무리' 라고 해서 '不汗黨' 이라 부르기로 했지.)이 막무가내로 밀고 들어오는 적도 있는데, 이 사람들이 건성으로 우리 사는 데를 한 바퀴 휙 둘러보고 가면 그것으로 그만이야. 가보니 그저 그렇더라, 시절이 어느 땐데 원시시대로 돌아가려는지 두레박으로 물을 긷고, 흐르는 물에 비누도 없이 빨래하고, 나무 부스러기 주워다가 아궁이에 불 넣고, 뭐 항생제, 호르몬제 들어간 사료 어쩌고 하면서 유기농을 한답시고 풀에다 제 똥 버무려 밭에 깔고, 돈 되는 작물은 거들떠보지도 않고 돈도 안 되는 보리, 밀, 콩, 수수, 기장 …… 그런 농사만 짓더라, 밭이고 논이고 온통 피와 풀이 가득해서 그야말로 피바다요 저 푸른 초원이더라, 이런 소문만 내고 다닌단 말이야.

땀 흘리고 일하다 간 사람들은 달라. 어지간히 혼뜨검이 나서 정이 뚝 떨어졌을 법한데, 이렇게 고생하고 간 사람들은 자꾸 또 와. 그리고 우리 식구들과도 허물이 없어져서 마치 친동기간처럼 지내.

교육이 뭐야. 한마디로 후손들에게 살 길을 일러주어 세상에 사람 씨앗 보존하자는 거 아냐. 그러자면 우선 생명체로서 제 앞가림하는 것 가르치는 게 먼저고, 그 다음에 사람은 혼자 살 수 없으니까 여럿이 모여 함께 사는 법을 일러주는 게 교육의 큰 기둥 아닌가 말이야. 요즈음 그런 교육이 없으니 이거 하자는 거지. 교환가치만 유일한 가치로 믿고 잔머리 굴리는 것만 죽어라고 가르치는 이 상품경제 사회에는 미래가 없어.

이거 뭐 이야기가 데데하게 되었는데 찜찜한 구석 있으면 한번 놀러오셔. 한 나흘 사우나 하는 셈치고 땀 좀 흘리자고.

모순 속에서 공존하기

"이놈의 세상, 온통 모순덩어리야. 어떤 놈은 밤낮없이 쎄 빠지게 일하는데도 처자식 굶기지 않으면 다행이고, 어떤 놈은 만판 놀아도 잘살기만 하니 말이야."

주의 깊게 귀 기울여 들으면 어디에서나 들을 수 있는 흔한 푸념이다.

"그러기에 농민 운동도 생기고, 노동자 운동도 생기고, 빈민 운동도 생기는 것 아니야?"

그렇다. 모든 운동은 모순에서 생겨난다. 물질 운동도 마찬가지이고 화학 변화도 마찬가지다. 사회 운동이라고 해서 예외일 리는 없다. 우리는 모순이 없는 운동을 생각할 수 없다. 가장 간단한 물체의 운동을 예로 들어보기로 하자. 움직이는 물체는 지금 여기에 있으면서 동시에 여기에 없다. 곧 움직이는 물체는 그 물체가 차지하는 자리만큼 큰 공간을 차지하면서 동시에 그보다 더 큰 공간을 차지한다는 말이다. 이런 모순된 일이 어디 있겠는가?

질적인 변화를 예로 들어도 마찬가지다. 가령 빨간 것이 다음 순간에 파란 것으로 바뀌었다고 할 때, 이것은 이미 있었던 것이 없는 것이 되고, 아직 없었던 것이 있는 것이 된다는 이야기인데, 있는 것이 없는 것으로 된다는 것은 모순이다.

따라서 모순은 운동의 어머니다. 그러므로 사회적 모순은 사회 운동의 어머니라고 할 수 있다. 정치 하는 사람들 가운데서 여러 가지 사회 운동의 원인을 외부적 요인에 돌리는 사람이 있는데, 그 사람은 자기를 속이고 있는 사람이 아니라면 무지하기 짝이 없는 사람이라고 할 수 있다. 모순이 없으면 운동도 없다. 따라서 모순이 없는 사회에서는 사회 운동도 없다. 그러기에 사회 운동이 자기들의 권력 기반을 뒤흔든다고 생각하는 사람이 해야 할 급선무는 운동하는 사람들을 탄압하는 것이 아니라 모순의 진상을 파악해서 해결하도록 힘쓰는 일이다.

그런데 우리는 역사상 진리의 편에 서지 않은 사람이 모순의 해결에 골몰했다는 이야기는 들어본 적이 없다. 고대 그리스 사회나 로마 사회에서 이른바 시민계급에 속하는 사람들은 노예제도를 당연한 것으로 생각하고 아무도 그 모순을 해결하려고 애쓴 사람이 없었다.

이를테면 이런 식이었다. 로마의 시민들 가운데는 식민지에서 들여온 갖가지 진귀한 음식을 맛보기에 바빠서 미처 소화시킬 틈이 없어 영양실조로 죽은 사람이 있었다고 한다. 음식이 목에 넘어가자마자 닭털을 목구멍에 집어넣어 토해내고 다른 음식, 또 다른 음식을 맛보았다고 한다. 음식은 맛을 즐기는 것이지 먹는 것이 아니라고 생각했으니, 이런 도착된 정신 상태가 오래 지탱될 수 있겠는가?

우리는 흔히 그리스 도시국가를 멸망시킨 것은 마케도니아이고, 로마를 멸망시킨 것은 게르만족이라고 생각하기 쉽다. 그러나 그것은 바른 생각이 아니다. 내부에서 허물어져가는 것을 밖에서 민 데 지나지 않는다. 내부에 모순이 없는 것은 아무리 큰 힘을 가해도 붕괴되지 않는다. 중세 봉건 사회가 몰락한 것도 그 사회에 내재하는 모순 때문이었다.

그러면 우리 사회는 어떨까? 우리 사회처럼 여러 가지 모순이 한꺼번에 뒤얽혀 있는 사회도 아마 없을 것이다. 우선 조국이 분단되었다는 현실과 통일을 이루려는 우리의 소망은 모순을 이루고 있다. 분단을 고착시키려는 강대국의 속셈과 통일을 앞당겨야겠다는 우리 민족의 의지도 모순이다. 어디 그뿐인가? 선거 때가 되면 시골은 여당의 표밭이고 도시는 야당의 표밭이라는 것도 따지고 보면 아직 덜 청산된 봉건적인 유제와 시민의식 사이의 모순을 드러내는 것이다. 남쪽은 자본주의 체제에, 북쪽은 사회주의 체제에 바탕을 두고 있다는 것은 더 말할 나위도 없는 모순이고. 게다가 독재와 민주 사이의 모순도 아울러 끌어안고 있는 것이 우리의 현실이다. 몇 안 되는 대재벌과 국민 소득이 평균에서 훨씬 더 밑도는 대다수 국민 사이에도 모순이 존재한다.

그러니 우리 사회는 엄청나게 많은 운동을 요구하는 사회라고 할 수 있다. 모순의 해결을 위해서는 어쩔 도리가 없다. 각계각층에서 무수히 많은 운동이 일어나야 한다. 통일 운동, 민주화 운동, 같이 잘 살기 운동, 남북이 서로 비방하지 않기 운동 …… 따지고 보면 당장에 시급한 운동도 열 손가락으로 헤아리기 어렵다. 농민 운동도 노동자 운동도 빈민 운동도 학생 운동도 우리 사회가 안고 있는 모순을 해결하려는 하나의 시도라고 보아야 한다.

어떤 운동이 좋은 운동이냐 나쁜 운동이냐를 가리는 기준은 간단하다. 그것은 그 운동이 역사 발전과 인간 해방에 기여하는 것이어야 한다는 것이다. 그런 점에서 지난해부터 진행되어온 고문 추방 운동은 훌륭한 운동이다. 그런데 이런 운동에 맞서는 운동도 있다. 우리는 그런 운동을 반동이라고 한다. 역사의 수레바퀴를 거꾸로 돌릴 수 있다는 환상을 가진 사람 사이에서 이런 운동 형태가 보인다. 자기가 지닌 것을 잃지 않기 위해서 이웃을, 국민을, 다른 나라를 억압하고 착취하고 기만하는 사람들은 역사의 교훈을 받아들이지 않는데, 역사의 교훈을 받아들이는 것과 자기 이익을 확보하는 일 사이에는 모순이 존재하기 때문이다. 이 모순은 결국 보편적인 인류의 이해관계보다 개인이나 특수한 집단의 이익을 앞세우는 사람들의 파멸로 해소되게 마련이다. 역사가 그것을 보여준다. 고대 그리스 · 로마의 역사가, 중세 봉건제도의 역사가, 그리고 비밀경찰과 고문에 의해서밖에는 스스로를 지탱할 수 없었던 제정 러시아의 역사가 그것을 보여준다.

얼마 전에 우리 학생들 사이에서 반전 운동과 반핵 운동이 싹텄다. 서구에서는 이미 대대적으로 벌여졌던 운동이다. 서구는 우리처럼 언제 전쟁이 다시 시작될지 모르는 휴전 상태에 있지 않다. 우리처럼 형편이 절박하지 않다는 말이다. 그래도 그 사람들은 우리보다 열 배, 백 배나 더 큰 목소리로 전쟁 반대를 외친다. 우리의 경우에는 전쟁이 일어나면 남이 아닌 우리 형제를 죽여야 한다. 그런 점에서 반전 운동은 곧 범국민적으로 일어나야 할 운동이라고 할 수 있다.

반핵 운동은 더 시급하다. 우리나라에는 핵무기가 600기 이상 배치되어 있다고 한다. 이 핵지뢰가 폭파되면 먼저 남한 사람들이 전부 죽게 된다는 말이 있다. 브루스 커밍스라는 미국 사람이 한 이야기다. 또 우리나라에 핵이 배치되어 있는 이상 세계 어느 나라에서 핵전쟁이 일어나도 우리나라는 맨 처음에 핵바다가 되는 신세를 면할 수가 없다. 예컨대 우리나라에서 600기나 되는 핵탄두가 발사되도록 소련이 방관할 리가 없다는 것이다. 어디에서든지 핵전쟁이 일어나면, 지구상에 그것을 피할 수 있는 민족은 없을 것이라는 이야기다.

핵지뢰 이야기가 나왔으니 말이지만, 이것은 사고의 위험이 대단히 높아서 다른 곳에서는 다 철거되고 세계에서 유일하게 우리나라에만 설치되어 있다고 한다. 그러고 보면 반핵 운동도 내일로 미룰 것이 못 된다.

자, 우리가 해야 할 운동이 얼마나 많은가? 우리 정부가 진정코 민주화를 지향하는 훌륭한 정부라면 누구보다도 이런 운동에는 정부가 앞장서야 할 것이다. 평화통일이 우리의 국시가 아닐지는 몰라도 적어도 온 국민이 소원하는 것이요, 헌법에도 명시되어 있는 우리의 이념임에 틀림없다. 평화통일은 곧 전쟁을 하지 말자는 것이다. 따라서 반전 운동은 우리의 헌법에 규정된 국민의 의무이다. 반전 운동이 그럴진대 반핵이야 더 말할 나위가 없다. 만일에 북쪽이 못 미더워서 꼭 핵무기를 보유해야 한다면 열 개 내외로 족하다. 저쪽에서 전쟁을 일으키면 평양에 하나 꽝, 청진에 하나 꽝, 신의주에 하나 꽝, 함흥에 하나 꽝 …… 이런 식으로 하면 될 게 아닌가? 이런 생각을 떠올리는 것조차 부도덕하고 비인간적인 짓이라고 여겨지지만 말이다.

이런 모든 운동이 민주화 운동과 무관하지 않을 것인데, 이제 정부에서도 민주화 운동 하겠다고 나섰다는 소문이다. 두고 보자.

소유의 역사

고대 노예제 사회에서 자본주의 사회까지 이르는 인류의 역사는 소유의 역사라고 할 수 있다. 그런데 모든 소유는 기본적으로 노동력의 소유를 바탕으로 하고 있다. 고대인들이 전쟁에서 잡힌 포로들을 죽이지 않고 살려서 노예로 부리자는 생각을 하게 된 것은 생산력의 발달이 상당한 정도까지 진전되어 노예가 제 한 몸 먹고 입을 것보다 더 많은 것을 생산해내게 된 때부터였다.

고대 사회에서 노예 주인들은 노예와 노예의 일터를 동시에 소유했다.(따지고 보면 노예들의 일터라는 것도 노예들의 힘으로 만들어진 것이기는 하지만.) 노예들은 사람이 아니라 살아서 말하는 도구였을 뿐이다. 이른바 서양 역사의 황금기라고 불리던 페리클레스 시대의 아테네 민주주의는 도구인 노예는 배제된, 실질적 또는 가능적인 노예 주인들인 '시민' 들만의 민주주의였다.

중세 시대의 봉건영주들은 '말하는 도구' 를 소유하는 것이 별로 생산적이지 않다는 것을 깨달았다. 이 도구들은 제 일과 남의 일을 구별하고, 제 일이라면 부지런을 떨지만 남의 일이라면 꾀를 피우는 별난 도구들이었다. 말하자면 절반쯤은 사람이라고 인정하지 않을 수 없는 측면을 지니고 있는 존재였다. 봉건영주들은 몸뚱어리를 통째로 소유하는 것보다 노동력만 소유하는 것이 더 큰 이익이라는 것을 깨달았던 것이다. 이제 비로소 '일하는 도구'는 제 몸을 제 몫으로 차지할 수 있었고, 텃밭과 간단한 농기구와 지주들의 영지에 대한 경작권도 소유할 수 있었다. 그렇지만 완전히 노예 상태에서 벗어난 것은 아니었다. 그들은 대부분 땅에 묶여 있었고, 거기에서 벗어날 재간이 없었다. 그래서 농노라고 불렸다. 땅에 묶인 종놈 신세라는 말이었다.

그러나 고대 노예제 사회 안에서 중세 봉건 사회의 싹이 돋아나고 자라듯이 중세 봉건 사회 안에서도 그 사회를 무너뜨릴 새로운 사회의 싹이 자라고 있었다. 봉건 시대에 땅에서부터 해방되어 손재주로 먹고 살던 사람들 가운데 제 손재주를 다른 사람들에게 가르쳐 그 사람들을 밑에 두고 부리는 제법 큰 공장을 차린 사람들이 하나둘 늘어나기 시작한 것이다.

이 사람들 밑에 있던 사람들은 봉건영주 밑에서 농사짓던 사람들과는 여러모로 사정이 달랐다. 이 사람들은 이중으로 해방된 사람들이었다. 이 사람들은 먼저 땅에게서 해방되었다. 말하자면 봉건영주의 땅에서 한 해에 얼마 동안 일해야만 했던 부역의 의무에서 해방된 것이다. 그러나 이 사람들이 잃어버린 것은 그런 굴레만은 아니었다. 그 굴레 속에서만 보장되던 삶의 터전에서도 해방된 것이다. 곧 그들은 맨몸으로 땅에서 쫓겨나서 이제 지닌 것이라고는 일할 수 있는 몸뚱어리 하나밖에 없는 신세가 된 것이다.

이러한 현실적 발전 과정에서 온전하지 못한 얼치기 소유 제도인 봉건제도는 완성된 사적 소유 제도인 자본주의제도로 바뀌어나가게 된다. 토지 소유는 자본과는 달리 한 지역의 정치적 이해관계와 밀착된 붙박이 사적 소유여서, 아무 데도 걸리는 곳이 없이 어디로나 운동할 수 있는 순수한 사적 소유에 견주어 불완전한 것이었다는 점에서 결국 지양되어야 할 것이었다. 결국 사적 소유의 형태는 자본과 노동으로 바뀌고 이 양자의 관계가 된 것이다. 말하자면 봉건 시대에 노동은 오로지 농업 노동으로 나타났지만, 그 다음 단계에 이르러 노동 일반으로 발전한 것이다. 이렇게 해서 공업은 완성된 노동이 되고, 공업 자본은 사적 소유의 완성된 객관적 형태가 된 것이다.

자, 그 결과가 어떻게 되었을까? 사적 소유의 생명은 노동과 자본화이다. 따라서 모든 물리적, 정신적 감각을 대신해서 이 모든 감각의 단순한 소외로서 소유라는 감각이 나타난다. 말하자면 굶주림에 지친 사람에게는 음식의 사람다운 모습은 존재하지 않고 오로지 먹을 것이라는 추상적인 것만 존재할 뿐이어서 이때는 짐승의 먹이와 사람의 먹이가 구별되지 않는다. 늘 코앞에 닥친 생존문제에 골몰하고 있는 굶주린 사람의 눈앞에 아무리 금강산의 모습이 아름답게 펼쳐진다 한들 눈여겨볼 마음의 여유가 있겠는가? 마찬가지로 보석 상인은 보석의 상업적인 가치에만 매몰되어서 보석의 아름다움과 고유성의 감상은 뒷전으로 밀려나게 된다. 보석 상인은 보석에 대한 미학적, 자연과학적 감각을 상실하게 되는 것이다.

이렇게 해서 한편으로는 노동자의 생활이 인간적인 욕망, 심지어는 동물적인 욕망마저도 충족시킬 수 없는 밑바닥으로 떨어져 노동자들은 오로지 먹는 욕망, 그 가운데서도 값싼 빵이나 라면을 먹는 욕망, 라면 가운데서도 가장 싼 것만 먹는 욕망만 알게 되는 일이 일어난다.

어디에서나 마찬가지였다. 미국도 영국도 그 밖의 어느 나라도 예외는 아니었다. 기계의 발달과 분업에 따르는 노동의 단순화는 아직 완성되지 않은 인간, 곧 어린애들까지도 노동자로 만들어 탄광이나 공장 안에 처박았다. 약한 인간을 기계화하기 위해서 기계가 약한 힘에 적응하고, 그렇게 하여 끊임없이 임금, 곧 노동자의 몸값을 낮추어 노동자들로 하여금 사상 유래가 없는 금욕주의자가 되도록 만들었다. 막스 베버가 이야기하는 청교도 윤리는 자본가의 특성일 뿐만이 아니라 강요된 노동자의 특성이기도 했다. 그러니까 임금은 노동자의 온 가족이 몸을 팔아서 최소한으로 노동력을 재생산할 수 있는 밑바닥 한계까지 떨어지게 된 것이다.

다른 한편 자본가는 책도 안 보고, 극장이나 음악회에도 안 가고, 사랑도 안 하고, 머리도 안 쓰고, 노래도 안 부르고, 그림도 안 그리고, 남과 어울리지도 않고……. 이렇게 해서 저축은 더욱 늘고, 다시 말하면 자기의 인간적인 감각을 보잘것없게 축소하고, 삶을 비인간적으로 만들면 만들수록 더 많은 것을 소유하게 되고, 그렇게 해서 그의 외화된 삶은 더 커지게 되는 것이다.

자본가의 돈은 자본가가 할 수 없는 모든 일을 할 수 있다. 그 사람은 못생긴 사람이다. 그러나 돈으로 가장 아름다운 여자를 살 수 있다. 따라서 못생긴 사람이 아니다. 왜냐하면 못생김에서 오는 불이익은 돈이 탕감해주고도 남기 때문이다. 그 사람은 앉은뱅이다. 그러나 돈은 그 사람에게 수천, 수만 개의 발을 가져다준다. 따라서 앉은뱅이가 아니다. 그 사람은 사악하고 비열하고 양심이 없는 사람이다. 그러나 돈은 존경할 만한 것이고, 그것을 지닌 사람도 마찬가지다. 돈은 좋은 것이고, 따라서 돈의 소유자도 좋은 분이 되는 것이다. 그 사람은 '사람'으로서는 할 수 없는 것, 곧 자기에게 속해 있는 모든 개별적인 고유의 능력을 가지고는 할 수 없는 것을 돈을 통해서 할 수 있다. 따라서 돈은 이러한, 고유한 '인간적' 능력들 하나하나를 본래는 그렇지 않은 그 반대의 것으로 바꾸어놓는다. 그 반대도 사실이고.

말하자면 소유의 역사의 최종 단계인 자본주의 사회에서는 사람이 할 수 없는 모든 일을 돈이 대신하게 되는 것이다. 돈이 사람 대신 먹고 마시고 음악회나 극장에 가고, 예술과 정치권력에 대해서 정통하고, 돈이 멀리 여행을 떠나고, 모든 것을 가질 수 있게 한다. 사람의 능력은 돈의 능력으로 환원된다. 그러나 궁극적으로 돈이 만들어내거나 사들이는 것은 무엇일까? 이러저러한 인간적인 능력일까? 아니다. 돈은 바로 자기 자신만을 만들고 사들일 뿐이다. 돈이 모든 것을 부리는 주인이고 그 밖의 것은 모두 노예인데, 번거롭게 딴짓을 할 필요가 없는 것이다. 따라서 자본주의 사회에서는 모든 정열과 활동이 소유욕으로 귀착될 수밖에 없다.

자본주의 사회에서 노동자도 소유를 할 수 있기는 하다. 곧 자기의 몸뚱어리(이것도 그 안에 노동력이 담겨 있지 않다면 폐기물에 지나지 않지만)를 소유할 수 있고, 노동력을 단순 재생산할 만큼의 의식주에 필요한 최소한의 것을 소유할 수 있다. 자본주의 사회에서 노동자의 최저임금제가 거론되는 것은 바로 이런 맥락에서 파악되어야 한다.

개인은 원자가 아니다

얼마 전에 백두산에서 자라는 식물을 소개하는 텔레비전 프로그램을 본 적이 있다. 어떤 분들은 그 프로그램을 보는 순간, 언젠가는 통일을 가로막은 외세의 장벽을 허물고 우리 민족이 자주적으로 통일을 앞당겨 아들과 손자들의 손을 잡고 저 산 위에 오를 날이 있겠거니, 그러기 위해서는 내 한 몸에 아무리 큰 고난이 닥쳐올지라도 자유롭고 평등하고 평화로운 통일 민족 공동체를 이루기 위해서 자주와 민주를 위한 싸움에 몸을 바쳐야 하겠거니 하고 다시 한 번 마음속으로 굳은 결심을 다졌을지도 모른다.

그러나 그만 한 용기가 없는 갈 데 없는 '먹물'인 나는 엉뚱하게도 웬만한 산기슭에서는 쑥쑥 하늘 높이 잘 자란다는 나무가 백두산 꼭대기 부근에서는 땅에 납작하게 몸을 낮추고 사람 무릎에 닿지도 않을 정도로 앉은뱅이가 된다는 것에만 관심을 쏟았다. 웬일인지 나에게는 백두산 고산지대에서 납작 엎드려서 살고 있는 그 나무가 불쌍하다거나 쩨쩨해 보이지 않고, 볕 바른 양지에서 자라는 제 동료들보다 훨씬 당당해 보였다. 온갖 악조건을 이겨내는 과정에서 몸은 비록 납작해졌다손 치더라도 안으로 다져진 생명력은 더할 수 없이 크게 여겨졌기 때문이다.

사람의 경우도 이와 크게 다를 바가 없다고 생각한다. 우리는 몸 안에 세균이 들어와서 불구가 된 사람들을 본다. 철없는 아이들이나 그와 비슷하게 철없는 어른들은 그런 사람을 앉은뱅이나 곱사등이나 그 밖의 말로 놀려대거나 얕보기 일쑤이다. 그러나 내가 보기에 그 사람들은 백두산 꼭대기에서 자라는 나무와 다를 바가 없다. 몸 안에 깃든 생명력이 밖에서 침입한 병균들과 싸워서 이기는 동안 몸의 상태가 바뀐 것이다. 그러니까 그와 같은 신체의 불구는 그 사람의 생체 조직이 환경의 악조건과 영웅적인 싸움을 벌인 끝에 얻어낸 승리의 산물이라고 볼 수 있다.

우리는 이러한 투쟁의 결과를 다만 사람의 몸에서만 볼 수 있는 것이 아니라 사회적인 삶에서도 볼 수 있다. 마치 눈이 멀어 장님이 된 사람이 눈이 멀었다고 해서 삶을 포기하지 않고, 보통 사람의 경우에는 무딘 상태로 저버리고 있는 청각이나 촉각의 능력을 놀라울 정도로 예민하게 개발하여 인간의 감각의 한계를 넓혀주는 것처럼, 모순된 사회 구조 속에서 이놈에게 눌리고 저놈에게 뺏기는 동안 뒤틀어지고 움츠러들어 하잘것없는 모습으로 떼 지어 살고 있는 듯이 보이는 일반 민중도 그 안에 사회를 변혁시킬 수 있는 엄청난 힘을 감추고 있는 것이다.

언젠가 나는 이 세상에서 가장 자유를 원하는 사람은 가장 억압받고 있는 사람이고, 가장 평등을 바라는 사람은 가장 착취당하는 사람이고, 가장 평화를 바라는 사람은 전쟁이 일어나면 비행기에 싣고 달아날 금은보석도 없고 후방에서 안전하게 지낼 만한 '빽'도 없어서 맨 먼저 총알받이가 될 수밖에 없는 지지리도 못난 일반 민중일 수밖에 없다고 이야기한 적이 있다. 이처럼 억압에서 해방되어 자유롭게 살고 싶어 하고, 전쟁의 공포에서 해방되어 평화롭게 살고 싶어 하는 사람의 힘이 뭉쳐서 모든 사람이 사람답게 사는 사람다운 세상이 이루어질 수밖에 없다면, 민중이 주인이 되는 세상이야말로 가장 행복한 세상일 것이다.

사람들은 저마다 다르다. 한 배에서 나온 일란성 쌍둥이도 꼼꼼히 살펴보면 다른 구석이 눈에 띈다. 아주 판에 박은 듯이 똑같아서 어머니조차 구별할 수 없는 쌍둥이라도, 나 지금 배가 고픈데 네가 나 대신 밥을 먹어서 내 배를 채워달라고는 하지 않는다. 사랑하는 사람이 떠났을 때 가슴으로 느끼는 아픔을 누가 대신 느껴줄 수 있는 것도 아니다. 사람마다 우선 몸이 다르고 마음도 다르다. 아무리 마음이 비단결 같은 사람이라도 위기에 부딪쳐 죽느냐 사느냐를 판가름할 순간이 오면 마음이 으레 '나 살고 너 죽자'로 돌아서지, '너 살고 나 죽자'로 먹어지지 않는다. '너 죽고 나 살자'는 경쟁적 가치관을 어려서부터 학교에서 익히는 우리 사회 같은 데에서야 더 말할 나위가 없다.

지금 우리는 개인, 개인주의, 개인주의자 같은 말들을 스스럼없이 쓰고 있다. 100년 전만 해도 우리 사이에서 이런 말을 쓰는 사람을 찾아보기 힘들었다. 개인이라는 개념은 자본주의 사회의 등장과 더불어 보편적으로 나타난다. 우리가 쓰고 있는 개인이라는 말은 서양 말 '인디비주얼(individual)'에서 나왔는데, 이 말은 '인(in)'이라는 부정의 뜻이 담긴 접두어와 '나누다'라는 뜻이 담긴 '디비도(divido)'라는 라틴어 동사에서 나왔다. 곧 더 이상 쪼개질 수 없다는 말로서 그리스어의 '아토마(atoma)', 곧 원자(아톰)와 똑같은 말이다. 마치 물질들이 원자의 복합체인 것처럼 사회도 개인들의 집합체라는 것이다. 이 사회적 원자론에 따르면 개인과 개인이 만나서 이루는 공동체는 우연한 것에 지나지 않는다.

과연 공동체는 개인에게 우연한 것에 지나지 않을까? 공동체라는 틀이 없이도 개인의 능력이 발휘되고 발전될 수 있을까? 만일에 그렇다면 "공동체야말로 개인이 그 천부적인 소질을 모든 방향으로 신장시킬 수 있는 틀이다. 따라서 개인의 자유는 오직 공동체 안에서만 가능하다."는 말은 어떻게 해석해야 할까?(물론 여기에서 공동체라 함은 억압과 착취가 없는 전체 사회를 뜻한다.)

곰곰이 따져보면 이 세상에 완전한 뜻에서 내 것이란 있을 수 없는 듯이 여겨진다. 우선 내 몸만 해도 내 의식이 형성되기 전에 이미 내 의지와는 상관없이 남자 또는 여자의 성징을 지닌 것으로 타고났다. 또 내 몸이 유지되기 위해서는 끊임없는 물질대사의 법칙에 따라야 한다. 우리는 지구 위에 있는 모든 생명체가 햇볕과 밀접한 연관을 지니고 살고 있음을 알고 있다. 여자들의 생리현상이 바다의 썰물과 밀물이나 마찬가지로 하늘에 덩두렷이 떠 있는 저 달과 무관하지 않음도 알고 있다. 이처럼 자연적이고 생물학적으로 파악되는 우리의 몸마저도 '독립적'이지 못하다는 것이 분명할진대, 사회적인 관계에서 이루어지는 우리의 감정이나 정신이야 오죽하겠는가?

하기야 인간의 본질을 모든 사회적 관계의 총체라고 보는 대신에 자연적인 것으로 국한시키는 이론이 없는 것은 아니다. 이러한 이론들은 인간의 역사와 사회의 발전 법칙을 무시하고 '소유 본능'이니 '부의 축적 본능'이니 '이기심'이니 '공격욕'이니 '살해 본능', '파괴욕' 같은 말로서 계급사회에서 나타나는 특수한 현상들을 은폐하려고 든다. 이러한 이론에 따르면 우리의 비극적인 나날의 삶은 계급 간의 모순과 투쟁에 의해서 규정되는 것이 아니라 개인과 사회 사이의 모순에 의해서 규정되는 것이고, 그 모순은 인간의 본성에 근거하고 있기 때문에 영원히 사라질 수 없다. 17세기 영국 철학자 홉스가 인용한 대로 별 수 없이 '인간이 인간에게 늑대(Homo homini lupus est)'라는 것이다. 다시 말하면 각 개인의 자유로운 발전은 모든 사람의 자유로운 발전의 바탕이 되는 것이 아니라 개인의 이해와 사회의 이해는 상반된다는 것이다.

사회가 생산수단의 사적인 소유에 바탕을 두고 있을 때, 사회는 서로 배타적인 이해를 지닌 계급들로 나누어진다. 그런 사회에서는 개인이 지닌 재능과 상관없이 그 사람이 속해 있는 계급이 그 사람의 운명을 결정짓는다. 예를 들어 자본주의 사회에서는 개인의 능력에 의해서가 아니라 그 사람이 지닌 돈의 양에 의해서 그 사람의 사회적 지위가 결정된다.

앞에서 우리는 공동체 안에서만 개인은 힘과 능력을 발휘할 수 있고, 개인의 자유를 실현할 수 있다고 이야기했다. 이때의 공동체는 계급과 집단 사이의 불평등이 제거되고 집단의 특전이 철폐된 공동체다. 여기에다 한마디만 덧붙이기로 하자. 그것은 아무리 뛰어난 개인이라 하더라도 역사적 조건이 둘러놓은 테두리를 벗어날 수 없다는 것이다. 어떤 사람도 제 마음 내키는 대로 물질적 조건과 상관없이 역사를 만들 수 없고, 어떤 사람도 사회 발전의 길을 돌이켜 오늘의 사회를 봉건제 사회나 노예제 사회로 만들 수 없다.

풀들과 화해하기

가을이 깊어간다. 밤이면 소나기 내리듯 후드득후드득 바람에 날려 감잎 떨어지는 소리가 달빛 사이로 봉창에 스미더니, 이제 헐벗은 나무에 빨갛게 익은 감들이 찬 서리에 시린 몸을 웅크린다.

지난봄과 여름 사이에 참 많은 땀을 흘렸다. 그렇게 살갗을 익히며 타고 흐르던 땀방울 가운데 어떤 것은 곡식이나 남새에 스며 밥상으로 되돌아오고, 어떤 것은 땅에 스며 내년 농사를 기다리고, 또 어떤 것은 때 아닌 비바람과 가뭄에 헛되이 흩어졌다. 간혹 가슴에 맺힌 채 밖으로 흐르지 못하고 응어리가 된 것도 있다.

한편으로는 풀들과 화해하는 길을 찾으며, 또 한편으로는 똑같은 풀들을 상대로 싸우면서, 사람들이 사는 세상살이도 비슷함을 느낀다. 사람들이 사이좋게 더불어 사는 길은 풀들이 오순도순 함께 발돋움하여 너도나도 알찬 열매를 맺는 길과 크게 다르지 않은 듯싶다. 지난봄과 여름에 얼마나 많은 땀이 풀들을 화해시키는 데 바쳐졌는지, 돌이켜보면 흔히 잡초라고 부르는 풀들이 그냥 잡초만은 아님을 깨닫는 소득은 있었지만, 그것은 반만의 깨우침에 지나지 않았다. 잡초가 잡초임을 깨닫는 것도 소중한 일깨움이라는 생각은 뒤늦게 떠올랐다.

화해는 서로 다른 둘 이상의 살아 있는 것들 가운데 이루어진다. 갈등이나 싸움이 그러하듯이 싸우고 맞서는 당사자들이 직접 마음을 풀고 화해하는 모습은 얼마나 보기 좋은가. 그러나 그게 생각만큼 쉽지 않은 게 세상살이다. 풀들을 빗대어 이야기하면 당근이나 감자와 바랭이를 화해시키기는 물과 기름이 서로 섞이기를 바라는 것만큼이나 부질없는 짓이다. 마늘을 뽑고 난 뒤에 잠깐 묵혀둔 빈터에 돋아난 바랭이는 발효식품을 만드는 데 도움이 되어 귀여워 보였다. 그러나 고추밭에서 자라는 놈들은 어찌 그리 미워 보이던지! 고추 모종이 먹고 자라야 할 퇴비를 몽땅 자기만 훔쳐 먹는 것은 그렇다 치더라도, 어쩌자고 햇볕과 바람마저 가려 아예 고추 모종이 노랗게 시들도록 만든단 말인가.

이렇게 우리가 애써 기르는 풀과 뿌리지 않았는데도 저절로 자라는 풀들 사이에 서로 목숨을 건 싸움이 벌어지면 우리는 자연스럽게 '기르는 풀' 편이 된다. 이런 걸 일러 팔은 안으로 굽는다고 하던가? 땡볕에서 흐르는 땀을 훔치면서 바랭이를 뽑노라면 가끔 엉뚱한 생각이 떠오른다. 고추와 바랭이가 서로 사이좋게 자라면 오죽 좋아. 이 생각이 가당찮음을 알기에 곧 다시 새로운 생각이 떠오른다. 이 두 풀들 사이에 다른 풀이 끼어들어 둘 다 서로 해치지 않고 잘 자라게 화해를 시킬 수 있다면.

실제로 그런 풀들이 없지 않음을 안다. 볍씨가 자랄 틈서리를 남기지 않고 온 논에 빼곡히 들어차는 둑새풀 사이에 들어 둑새풀이 지나치게 자라는 것을 막는 자운영. 이른 봄부터 밭이랑에 뿌리로 잔 그물을 쳐서 남새나 곡식이 자랄 자리를 비워두는 살갈퀴…….

서로 자기만 살겠다고 날카롭게 잎들을 칼날로 세워 맞서는 풀들 사이에 들어 함께 너도나도 잘 자라게 하는 중매쟁이 풀들을 찾아내는 일이 어찌 한두 해 노력만으로 열매를 맺으랴. 그러나 그 일을 게을리 하면 흘리는 땀방울 가운데 얼마나 많은 양이 바람에 흩어져버릴 것인가.

사람 사는 세상이라고 해서 어찌 다르랴. 사이 나쁜 이웃, 갈라서서 형제의 가슴에 총부리를 들이댈 수밖에 없는 갈라진 세상, 죽기 아니면 살기로 서로 제 밥그릇 키우기에 여념이 없는 국가들 사이에 마음씨 고운 풀 같은 사람들이나 모임이 있어서 불화가 있는 곳에 평화를 가져다 줄 수 있으면 얼마나 좋을까.

가을걷이가 끝난 저 들판에서는 이제 모든 풀들이 다시 새 봄을 기다리고 있는데…….

삶의 공간이 만들어내는 가치관

버스를 타면 경로석이 있다. 근년에 들어 더 실감하는데, 노인이 타면 경로석에서 벌떡 일어나는 젊은이들 보기가 해가 갈수록 힘들어진다. 고대 아테네 시민들은 원형 극장에 자주 갔다는데, 젊은것들이 좋은 자리들을 차지하고 앉아 노인이 와도 일어나지 않고 본척만척하기가 일쑤였다고 한다. 크세노폰도 한탄을 하고 플라톤도 마찬가지였다는 기록이 있다. 스파르타에서 온 외교관들은 노인을 보면 외교관 신분임에도 벌떡 일어나서 자리를 양보하는데 아테네 사람들은 그런 예절이 없다고 한탄한다. 그런데 아테네 사람들이 실제로 예절이 없고 교양이 없어서 노인이 와도 자리에서 일어나지 않고, 스파르타 사람들은 교양이 있어서 자리에서 벌떡 일어났느냐 하면 그건 아니다. 이것은 개인 심성의 문제가 아니라 사회 구조의 문제이다.

내가 어렸을 때만 하더라도 시골에 가면 전통적인 농경사회가 그대로 유지되어 있었다. 농경사회에서는 이웃 마을에 가더라도 똑같은 방식으로 농사를 짓는다. 얼마 전까지만 해도 호미와 낫, 쟁기와 같은 기본적인 농기구와 축력을 이용해서 농사를 지었다. 수백 년, 수천 년 동안 거의 똑같은 방식으로 논밭을 일구어 살았던 생산 공동체에서 가장 슬기로운 사람들은 누구였을까. 노인네들이다. 어디를 가나 같은 방식으로 농사를 짓기 때문에 공간적으로 경험의 확장이 불가능하다. 따라서 지혜는 시간의 함수이다. 가뭄이나 홍수, 그 밖에 죽고 살고 병들고 하는 모든 문제에 관해 오랜 경험을 쌓아온 노인들이 가장 슬기로운 사람들일 수밖에 없다. 이런 사회에서는 경로사상이 따로 필요 없다. 노인들이 가장 슬기로운 사람들이고, 마을의 중심이고, 그 분들에게 물어보면 해결되지 않는 문제가 없으므로 노인들은 자연스럽게 존경을 받게 되고, 노인들이 앞에 오면 저절로 고개가 수그러들어 자리에 앉아 있다가도 벌떡 일어나게 된다. '경로사상'은 농경 공동체라는 사회 구조에서 발생한 자연스러운 예절이라고 봐야 한다.

지금도 부모들이 자식들에게 착하고 성실하고 부지런한 사람이 되어야 한다고 입버릇처럼 되풀이하는 걸 본다. 그리고 위정자들은 착하고 성실하고 부지런한 사람들이 보답을 받는 사회 어쩌고저쩌고 떠든다. 그런데 착하고 성실하고 부지런해야 잘 살게 된다고 실제로 믿는 사람이 얼마나 될까. 말로는 수긍하면서도 '그렇게만 살면 도시에서 살아남기 힘든데.' 하고 마음속으로 고개를 저을 사람이 많을 것이다.

농경사회에서 상품경제 사회, 자본주의 사회로 이행한 지 얼마 되지 않으니까 우리 모두 마음으로는 농경사회의 가치관을 바른 것으로 여긴다. 농촌에서 가장 훌륭한 신랑감, 신붓감은 머리 좋고 계산 빠른 사람이 아니라 일 잘하고 부지런하고 몸 건강하고 성실한 사람, 그리고 어른들 말에 고분고분 순종하는 사람이다. 농경사회에서 생각하는 좋은 신랑과 신붓감은 도시사회에서 생각하는 좋은 신랑과 신붓감하고 다르다. 유목사회에서 생각하는 좋은 신랑과 신붓감하고도 기준이 다르다.

농경민들이 가장 중요시하는 의식이 무엇인가? 관혼상제 가운데 어떤 것을 가장 중요시하는가? 제사이다. 왜 그런가? 살면서 견주어 보니 나보다도 우리 아버지가 더 슬기롭다. 또 아버지보다도 할아버지가 더 슬기롭다. 그러니 그 할아버지를 낳아준 분은 얼마나 더 슬기롭겠는가. 이래서 조상에 대한 숭배, 상고정신이 싹트게 된다. 그리고 우리를 이렇게 잘 살게 만들어준 슬기로운 조상들을 깍듯이 존중해야겠다는 생각이 저절로 들어 5대까지 또는 더 윗대의 시조까지도 제사를 지낸다.

농경민의 역사관은 어떤가? 옛것을 우러르는 상고주의에 바탕을 두고 있다. 할아버지의 할아버지 대는 대단한 황금 시절이었을 것임에 틀림없다. 우리보다 할아버지가 더 슬기롭고 그 할아버지보다 그 할아버지의 할아버지가 더 슬기로웠을 테니까. 슬기로운 사람들만 모여 살았던 시대니까 좋을 수밖에 없었을 것 아닌가. 황금시대가 있었다가 사라지고 은의 시대가 왔고, 현대와 가까워지면 가까워질수록 점점 더 살기 어려워져 동의 시대를 거쳐서 드디어 지금은 철의 시대에 이르렀다. 그러니까 불교식으로 말하면 지금은 '말법시대'이다. 제일 혼란에 처하고 살기 어려운 시대이다. 이러한 상고주의적인 역사관이 농경민들 사이에서 뿌리를 박는다.

농경 공동체 구성원들이 이상으로 생각하는 사람은 어떤 사람인가. 구름 위에서나 커다란 나무 그늘에서 한가롭게 바둑을 두고 있는 신선의 삶이 가장 이상적인 삶이다. 농업노동에는 대단히 고통스러운 측면이 있다. 더구나 봉건적인 압제와 수탈이 심했을 때에는 훨씬 더 가혹했다. 그렇기 때문에 이 사람들에게는 노동에서 해방되어 놀고먹는 것이 이상이었는데, 노동에서 해방되는 때는 노동력을 상실하여 더 이상 일을 할 수 없을 때이다. 노인이 된다는 것은 이 가혹한 노동에서 해방이 된다는 것을 뜻하는 것이다. 신선이 노동에서 해방된 노인의 모습으로 그려지는 것은 당연하다.

우리가 흔히 '상황윤리' 니 '규범윤리' 니 하는 이야기를 하는데, 농경사회에서는 어떤 윤리가 뿌리를 내리겠는가? 규범윤리다. 수천 년, 수만 년을 똑같이 살아왔고, 어른이 시키는 대로 하면 틀림이 없었다. 따라서 규범윤리가 뿌리를 내릴 수밖에 없었다. 이렇게 삶의 공간이 어떠하냐, 어떤 방식으로 무엇을 하면서 사느냐에 따라서 세계관과 역사관, 예술, 문화 형태가 다 달라진다.

예를 들어 유목사회를 농경사회와 견주어보자. 유목사회에서도 착하고 성실하고 부지런한 사람이 훌륭한 신랑감일까? 아니다. 모험심이 강하고 어려운 일이 있어도 불굴의 의지를 가지고 극복해내고 앞장서서 싸움질하는 사람이 더 좋은 신랑감이다. 이렇게 어떤 사회에서 무엇을 생업으로 삼느냐에 따라서 결혼관이 달라진다. 뿐만 아니라 관혼상제 중에서 유목민이 가장 중요시하는 것은 농경민과는 달리 관례와 성인식이다. 유목사회에서 성인으로 인정받으려면 대단히 어려운 시련을 거쳐야 한다. 어떤 부족의 경우에는 대꼬챙이로 가슴을 꿰어 끈에 매달아 48시간을 견뎌내야 성인으로 인정받기도 하고, 어떤 유목민의 경우에는 아무런 식량도 잠자리나 옷도 마련해주지 않고 눈이 덮인 산꼭대기에 무엇을 숨겨놓고 일주일 안에 그것을 찾아와야 성인으로 인정을 받기도 한다. 또 아프리카의 어떤 유목 공동체에서는 온 동네 사람들이 몰려와 몰매를 주는데, 신음을 내지 않고 견뎌야 성인으로 인정받기도 했다고 한다.

이 유목민들에게 이상적인 삶은 어떤 삶일까? 이 사람들의 설화나 신화, 민담은 전투 용어를 중심으로 이야기가 펼쳐진다. 북구의 신화에서 싸움을 하다 더 강한 힘과 지혜를 얻기 위해 한쪽 눈을 빼주고 지혜를 얻었다는 오딘, 중세 게르만족의 신화를 집대성한 〈니벨룽겐의 노래〉에 나오는 지크프리트와 크림힐트 모두가 전쟁 영웅들이다. 이런 사람들의 투쟁을 중심으로 민담이 만들어지고, 후손들은 그들을 숭상하게 된다.

그렇다면 상품경제가 지배하는 도시사회에서 가장 좋은 신랑감은 누구인가? 돈 잘 버는 사람이다. 돈을 잘 벌기 위해서는 똑똑해서 일류대학에 들어가고 일류기업체에 취직해야 한다. 이렇게 머리 회전이 얼마나 빠르냐가 좋은 신랑감과 나쁜 신랑감을 가르는 척도가 된다. 시험이 있을 때는 머리가 잘 돌아 늘 100점 맞는 신랑감이 최고이다. 그런데 그 시험이 어떤 시험인가? 감자는 언제 심어서 언제 거두느냐 같은 문제는 안 나온다. 나토가 무엇의 약자인지 써라, 테일러 시스템이 뭔지 설명하라 같은 문제만 나온다. 그런 시험 문제는 책상머리에서 책만 달달 외는 도시 사람들이 가장 잘 맞히게 되어 있다. 객관적인 문제라고 둘러대지만 그것은 위장된 객관성이다. 농민의 자식이나 어부의 자식이나 노동자의 자식이 맞출 수 있는 문제는 별로 없다. 생산노동에 종사하지 않는 사람만이 책을 읽어서 얻을 수 있는 지식을 중심으로 문제가 나오고, 그것을 잘 맞히느냐 못 맞히느냐에 따라 인

생길이 갈라져버린다.

그런데 우리가, 이 좋은 머리가 모여 도시에 살면서 그 머리로 궁리해 내놓은 이제까지 결과들이 무엇인가? 나를 살려주는 풀 한 포기 더 잘 살리고, 나를 먹여 살리는 짐승 한 마리 더 잘 살리고, 흐린 물도 맑게 만들고, 탁한 공기도 깨끗하게 만들고……. 그래서 우리도 잘 살고 우리 주변에 있는 다른 생명체도 잘 살게 머리를 써왔는가? 그런가? 아마 입이 열 개라도 그렇다고는 못할 거다.

저 숲을 보라. 저 숲에 소나무가 보인다. 그 소나무가 한곳에 뿌리를 박고 처음에 뿌리내린 곳에 지금도 그대로 있다. 수십 년이 지났는데도 그 자리에 그대로 머물러 있다. 나에게는 저 소나무가 가장 완벽한 생명체로 보인다. 그리고 저 소나무와 같은 나무나 풀이 가장 완벽한 삶을 누리고 있는 것으로 보인다. 그들은 움직일 필요가 없다. 그래서 안 움직이는 것이다. 무기물에서 유기물을 제자리에서 합성하는 유일한 생명체가 아닌가. 감각을 따로 발달시킬 필요도 없다. 뜨거운 것이 닿아도 몸을 움츠리지 않고 어지간히 추운 것이 닿아도 견딜 수 있는 생명력을 보이고 있다. 조금만 뜨거워도 피하고 조금만 추워도 몸을 떨 필요가 없다. 그렇기 때문에 그렇게 뿌리내리고 살면서 다른 생명체들에게 삶의 길을 열어주는, 그 자신이 가장 위대한 생명체이자 다른 생명체들이 자기에게 기생하도록 만들면서도 저렇게 우뚝 서서 살아 있는 생명체로서 우리 눈앞에 있다.

그런데 동물들은 식물만큼 완전하지 못하다. 제자리에서 삶의 문제를 해결할 수가 없다. 그래서 먹이를 찾아서 이리저리 뛰어다녀야 한다. 그만큼 생존 조건이 어려워진 것이다. 사람은 어떠한가? 사람은 동물처럼 본능에 따라서, 또는 여러 가지로 발달된 기관에 기대 이리 뛰고 저리 뛰는 것만으로 살 수 없다. 머리를 써야 한다. 어떻게 보면 사람은 식물처럼 완전한 것과는 거리가 멀고, 동물처럼 자기 생존 문제를 잘 해결하는 것과도 거리가 멀어 훨씬 더 힘든 삶을 살아갈 수밖에 없도록 운명 지워졌는지도 모른다.

손발을 움직이는 것으로도 부족해 머리를 써야 하고, 요즘에는 머리를 쓰는 것만으로도 부족해 머리를 대용할 기계들을 만들어내야만 산다. 얼마나 각박해진 건가. 그런데 이런 과정을 우리는 '진화' 라고, '발전' 이라고 부른다. 긴 생명의 역사에서 식물에서 동물로, 하등동물에서 고등동물로, 고등동물에서 영장류로, 인간으로 이어지는 과정을 '진화의 과정' 이라고 이야기한다. 그러면 가장 완벽한 생명체인 풀이나 나무 상태에서 그대로 머물지 않고 왜 점점 살기 힘든 조건들을 감당하면서 긴 진화의 과정을 거쳐 올 수밖에 없었던 것일까? 그래서 드디어 생명체의 꽃이라는 인간으로까지 진화를 할 수밖에 없었을까? 인간이 전 생명의 진화 과정에서 상징하는 것은 무엇이고, 그 상징이 부과하는 책임은 또 무엇일까? 인간만 잘 살라고 긴 생명의 역사가 인간을 꽃으로 피워 올리지는 않았을 것이다. 뭔가 의미가 있을 것이다.

윤구병

흙을 밟으며 살다

윤구병 지음

1판 1쇄 발행일 2010년 2월 8일
1판 2쇄 발행일 2010년 3월 22일

발행인 | 김학원
편집인 | 선완규
경영인 | 이상용
기획 | 정미영 최세정 황서현 유소영 김은영 김서연
마케팅 | 하석진 김창규
저자 · 독자 서비스 | 조다영 함주미(humanist@humanistbooks.com)
스캔 · 출력 | 이희수 com.
용지 | 화인페이퍼
인쇄 | 청아문화사
제본 | 정민제본

발행처 | (주)휴머니스트 출판그룹
출판등록 | 제313-2007-000007호(2007년 1월 5일)
주소 | (121-869) 서울시 마포구 연남동 564-40
전화 | 02-335-4422 팩스 | 02-334-3427
홈페이지 | www.humanistbooks.com

ISBN 978-89-5862-302-1 03810

만든 사람들

기획 | 선완규(swk2001@humanistbooks.com)
편집 | 김선경 임미영
디자인 | 민진기디자인